IL COLORE DEI GIORNI

In copertina disegno di Chris Shary

Antonio Colì

IL COLORE DEI GIORNI

Romanzo

IL COLORE DEI GIORNI

Antonio Colì 2023

Persone, fatti e luoghi citati nel romanzo sono pura creazione della fantasia e, pertanto, ogni possibile riferimento alla realtà, del tutto casuale

"Volerò!" disse il bruco.
Tutti risero, tranne le farfalle.

Giallo

Il mio più grande amico si chiama Alberto. Alberto è il proprietario di un ottovolante. Di un vero ottovolante, uno di quei giochi del Luna Park a forma di otto orizzontale, su cui corrono lungo un binario dei carrelli agganciati l'uno all'altro, con dei sali e scendi, sali e scendi, che la prima volta che ci sono salito mi è venuto da vomitare. Anche se poi, non l'ho fatto. Stavo proprio per vomitare. Già. Però, poi, non l'ho fatto.
Alberto è sempre gentile con me. Mi fa salire ogni volta sul suo ottovolante senza pagare. Io ci salgo volentieri, perché l'ottovolante a me piace tanto. Ma proprio tanto. Anche se la prima volta mi era venuto da vomitare. Però non l'ho fatto.
A me non piace solo l'ottovolante. Se mi piacesse soltanto l'ottovolante, sarebbe riduttivo per tutto il Luna Park. Nel Luna Park non c'è solo l'ottovolante. Nel Luna Park ci sono anche tante altre giostre. Una più bella dell'altra. Ci sono l'autoscontro, la ruota panoramica, il tiro a segno, la casa degli specchi, la casa degli orrori e lo zucchero filato. Beh, lo zucchero filato non è affatto una giostra, ma mi piace lo stesso. Del Luna Park mi piace tutto. Ma proprio tutto tutto.

Una cosa che non sopporto però è il rumore… e anche la gente… e pure la musica. Anche se a me la musica piace proprio tanto. Ma non quella del Luna Park. Al Luna Park ce ne sono tante di musiche. Una per ogni giostra. Tante musiche assordanti che si confondono l'una con l'altra e non riesci a capirne nessuna tra le tante. Allora cosa faccio per sentire di meno i rumori e le musiche, confuse e assordanti ? Mi metto un paio di tappi nelle orecchie, di quelli che si vendono nei negozi di ferramenta. Ecco cosa faccio. Questi tappi li usano in genere gli operai quando eseguono lavori in ambienti rumorosi, dove il rumore è insopportabile, o quando usano attrezzi talmente rumorosi che possono provocare dei danni all'udito. Ma a quanto pare vanno bene anche per chi vuole andare al Luna Park e non sopporta la musica confusa e chiassosa. Come quelli come me.
Che poi, a me, la musica piace tantissimo. È una delle mie passioni, la musica. Anzi, se proprio lo devo dire, sono un vero intenditore di musica. I generi musicali, per esempio, li conosco tutti. Ma proprio tutti tutti. Dal primo all'ultimo.
Il genere pop è quello più ascoltato. Questo perché pop deriva da popolare. Poi ci sono il rock, quello che ti fa schizzare gli occhi dalle orbite, il rap, quello dei cantanti con il cappellino girato al contrario, il dark, dall'atmosfera funebre tipo film horror. Ma

ce ne sono tanti altri di generi: il blues, il metal, il folk, lo SKA, il rock'n'roll, la musica dance, la musica classica, l'hip hop, il funky e... tanti altri ancora. Questo perché la cosiddetta contaminazione musicale ha prodotto tanti generi, quante sono le combinazioni musicali che la fantasia di un autore è in grado di comporre sul pentagramma.
Sì. La musica è una delle mie più grandi passioni. La seconda è l'astronomia. Per la terza devo ancora decidere. Certo, decidere non è facile. Ne ho quattro cinque in elenco ed è molto difficile decidere quale sarà il terzo più grande interesse della mia vita.
Sono un tipo problematico, io. Proprio tanto problematico. Questo lo so per certo. Molto spesso i miei gusti non corrispondono con quelli dei miei coetanei. Ma non importa. So di essere diverso dai miei coetanei. Un pochino diverso. Mica tanto.
Forse dovrei assomigliare un po' di più a loro. Ma io sono fatto così. E non ci posso fare niente. Che poi assomigliare a qualcun altro è uno dei peggiori desideri che si possa avere. Volere assomigliare a qualcun altro vuol dire non volere essere se stessi. Uno dei peggiori desideri.
"Ti immagini che noia sarebbe il mondo se ci assomigliassimo tutti?" mi ha detto Andrea, un giorno. Aveva ragione. I generi musicali sono tanti e diversi tra di loro proprio perché non tutte le per-

sone ascoltano lo stesso genere musicale. C'è a chi piace il jazz, chi preferisce il rock e chi ama la musica classica. E la stessa cosa è per le persone. Non tutti possiamo piacere a tutti. E non a tutti piacciono le stesse cose. A me piace la musica, l'astronomia, la pizza coi peperoni e l'ottovolante. Ecco perché è una vera fortuna, ma di quelle veramente grandi, essere diversi.

A Sofia non piacciono i libri, le mollette per i capelli e i salumi.

A Piero non piace nessuna giostra. Nemmeno l'ottovolante. A lui piace soltanto il labirinto fatto di vetri e specchi. Ride proprio di gusto quando sbatte la faccia contro un vetro. Non capisco cosa ci sia di divertente nello sbattere con la faccia sul vetro! Piero è un mio compagno di classe. È proprio un tipo strano. Un giorno mi ha detto che doveva dirmi una cosa, perché lui non ha peli sulla lingua. Ha detto proprio così, che non ha peli sulla lingua. Neppure io ho i peli sulla lingua. Mai avuti. Sulla faccia qualcuno sì, ma sulla lingua, nessuno! Nessuno proprio. Con la storia dei peli sulla lingua, si è scordato la cosa che doveva dirmi. E che poi non mi ha mai detto. È un tipo strano, Piero.

Una volta ha voluto provare l'ottovolante. Ha occupato il posto dietro di me. Per tutto il tempo non ha fatto che urlare. Faceva degli urli strani, gridava frasi incomprensibili. Per tutto il tempo a

gridare. Non ha smesso un attimo, finché la giostra non si è fermata. Non ho mai capito se quelle urla fossero di paura, di esaltazione o non so cosa. In ogni caso, è stata la prima e l'ultima volta che Piero è salito sull'ottovolante.
Quando sono sull'ottovolante non voglio avere nessuno a fianco. Ecco perché Piero, quell'unica volta, si è seduto dietro di me. Non voglio nessuno a fianco a me. Neppure Andrea, mia sorella o la mamma. Nessuno. Voglio stare da solo. E sul primo carrello. Voglio stare da solo sul primo carrello. Il primo carrello è di colore giallo. A me piace proprio quello. E questo, Alberto lo sa. Così mi tiene sempre il posto occupato. Quello sul primo carrello. Quello giallo.
Alberto è il mio più grande amico. Mi ha raccontato che una volta era sposato. Ma che è rimasto solo perché sua moglie è morta. È morta a causa di una malattia incurabile. Mi ha detto che non ha figli. Per questo mi vuole bene. E mi tiene il posto occupato e non mi fa pagare e mi fa fare tutti i giri che voglio e quando voglio.
Come mi divertivo sull'ottovolante! Mi divertivo tanto. E Alberto si divertiva nel vedermi che mi divertivo. Non so dire se mi divertivo più io oppure lui a vedermi divertire.
Però, poi, un giorno, sono andato al Luna Park e l'ottovolante di Alberto era chiuso. C'era un cartel-

lo sulla biglietteria con su scritto: CHIUSO PER LUTTO.

Era domenica. E ci sono rimasto male. Avevo tanta di quella voglia di salire sull'ottovolante quel giorno, che ho scordato il mio sassolino sul tavolo in cucina. Lo porto sempre con me. Non esco mai di casa senza. Infatti, sono tornato di corsa a casa per riprenderlo.

È un sassolino strano, particolare. Un po' come me. Me lo ha regalato Andrea. Lo ha portato con sé da Matera, la città chiamata dei sassi, perché ce ne stanno davvero tanti. Ma veramente tanti. Ho visto le foto e me lo ha confermato Andrea, quando c'è stato in gita con la scuola. È la città dove sono state girate delle scene del famoso film sulla passione di Gesù. Andrea mi ha detto che ha visto dove è stata piantata la croce per la scena della crocifissione. Il sassolino è tutto lucido e colorato con la scritta *Matera* piccola piccola. Lo porto sempre con me, ma quella volta l'ho scordato a casa. Così, ho costretto mia sorella a tornare a casa, l'ho ripreso e l'ho ficcato nella tasca dei jeans. Quello è il suo posto. E lì deve stare, quando esco di casa. Una volta l'ho scordato nei jeans e mamma li ha lavati in lavatrice senza controllare cosa ci fosse nelle tasche. L'ha lavato insieme ai jeans! Non si è rovinato, però. Ne è uscito solo più pulito.

Chiuso per lutto, c'era scritto. Niente ottovolante, quel giorno. E dopo quel giorno l'ottovolante di Alberto è rimasto chiuso per tanto, tantissimo tempo. Alberto non l'ho più visto. Non l'ho visto mai più. Poi, un giorno, non c'era più nemmeno l'ottovolante. Tutte le altre giostre, sì. C'erano ancora. C'erano tutte quante. L'ottovolante no. L'ottovolante di Alberto era sparito.

Azzurro

Nonna mi ripeteva spesso che ogni giorno della nostra vita ha un colore diverso. Ogni colore corrisponde a uno stato d'animo o a un avvenimento della giornata.
E io che pensavo che i colori fossero solo colori e basta. Invece ogni colore corrisponde a uno stato d'animo o a un avvenimento della giornata.
Nonna però non mi ha spiegato quali colori corrispondono a questo o a quello stato d'animo o a questo o a quell'avvenimento. Così ho fatto una ricerchina su internet e ho scoperto che il mio colore preferito, l'azzurro -perché il colore che preferisco è proprio l'azzurro- rappresenta la pace e la tranquillità. Forse perché è il colore del cielo e del mare.
Il cielo e il mare sono azzurri. Azzurri come il mio colore preferito. E il cielo e il mare a me piacciono molto.
Quando la mamma o Sofia vedono che sono agitato, mi portano al mare. Sanno che mi piace molto. Così mi ci portano. Del mare mi piace guardare le onde che vanno su e giù, su e giù. Proprio come l'ottovolante di Alberto. Ma in maniera diversa.

Una volta sono andato sott'acqua e ci sono rimasto per così tanto tempo, che la mamma e mia sorella si sono spaventate nel non vedermi risalire in superficie. Quella volta sono state loro ad agitarsi. Non sapevano dove sbattere la testa, mi dissero. Perché avrebbero dovuto sbattere la testa, poi. Non lo so proprio. Sbattere la testa è una cosa stupida. Perché qualcuno dovrebbe fare una cosa così stupida?
Un'altra volta sono stato punto da una medusa. Proprio sotto il tallone. Che è diventato tutto rosso. Per colpa di una medusa. Le meduse sono quelle creature strane, fatte di gel, quella sostanza viscida e acquosa che usa nei capelli Andrea quando ha qualche appuntamento importante. Se la mette tra i capelli, in bagno, davanti allo specchio, prima di ogni appuntamento importante.
Quando Andrea dice di avere un appuntamento importante vuol dire che deve incontrarsi con una ragazza. Quelli sono gli appuntamenti importanti per mio cugino. Gli appuntamenti con le ragazze. Così, indossa i jeans nuovi, la camicia stirata come si deve da zia Adele e si spalma sulla testa tanto di quel gel, che i capelli resterebbero incollati al loro posto persino attraverso la galleria del vento. Quando gliel'ho detto, mi ha risposto ridendo: "hai fatto una battuta! Ma ti rendi conto?" Ma io avevo detto solo la verità. Erano talmente incollati sulla

testa, che non si sarebbero mossi neppure nella galleria del vento. Proprio per il gel. Che non ha colore. Proprio come le meduse. Il gel, come le meduse, è trasparente, non ha colore.

Nonna diceva che non tutti i giorni sono colorati. Ci sono anche quelli incolori. Giorni come il gel o come le meduse. Lei aggiungeva che nella vita sono molte di più le giornate incolori di quelle colorate. Sono quelle giornate durante le quali non succede niente, né di buono, né di cattivo. Niente di niente. Sono proprio queste giornate incolori, quelle che non sopporto proprio. Giornate che non servono a niente. Ma tanto vale accontentarsi.

Come faccio io, da quando sono nato. Mi accontento. Mi accontento di mamma che da sola deve portare avanti la casa e lavorare. E ha poco tempo da passare con me. Pochissimo tempo, ma tanto pochissimo. Mica poco. Tanto. Però non mi fa mancare niente. Proprio niente. Latte e cereali al mattino, pizza con i peperoni a pranzo e bastoncini di pesce la sera. A volte la pizza è con i funghi, ma io la preferisco coi peperoni. E questo mamma lo sa. E fa di tutto per accontentarmi. E io mi accontento. Da quando sono nato, mi accontento. Mi accontento di papà. Che non c'è. Non l'ho mai conosciuto. È andato via quando ero piccolo. Vai a capire perché! Perché? Boh! Chi lo sa perché? Quando lo chiedo a mamma, lei mi risponde che è

una storia lunga. E siccome ha sempre fretta, non ha mai il tempo di raccontarmela.
Io il gel nei capelli non lo metto. I miei capelli sono ricci e neri. Sono talmente ricci che neppure mettendoci delle vere meduse riuscirei a farli diventare lisci. Non sono né alto né basso. Di media statura, si dice. Di media statura e con gli occhi un po' sporgenti e castani. Ho dei peli sulla faccia e un buco sui jeans. Jeans Spitfire, con un buco sulle ginocchia. Li ho comprati con mia sorella, un giorno che pioveva. Pioveva così tanto che io ho attraversato una pozzanghera. Ma grande! Una pozzanghera, sì, una pozzanghera piena fino all'orlo di acqua e fango. E ci sono saltato dentro. Ma forte forte! Che acqua e fango sono schizzati dappertutto. Hanno sporcato i miei vestiti, quelli di Sofia e quelli di un signore che passava in quel momento. Il signore ha detto qualcosa a mia sorella, lei si è scusata e mi ha guardato con un'espressione sulla faccia che non le avevo mai visto prima. Mi ha fatto quasi paura. Certo che avere paura della propria sorella non è una bella sensazione! No. Per niente bella. Mi ha guardato e poi si è messa a urlare nemmeno le avessero ammazzato il gatto.
Figaro. Si chiama Figaro il nostro gatto. È grigio con qualche striscia rossa e una macchia bianca sulla fronte. Quando è nervoso è intrattabile. Non

si fa nemmeno accarezzare. Lui che adora farsi accarezzare.
Mia sorella Sofia, invece, è intrattabile sempre. Specialmente quando è al telefono con qualche suo amichetto. Non le puoi parlare, né chiederle niente, mentre parla al telefono.
Mia sorella ha i capelli neri come me, ma lisci e corti. Ha un piercing sul naso e un tatuaggio sulla schiena. Sulla schiena, proprio sulla scapola sinistra. Quando le ho chiesto se raffigurasse la luna, lei mi ha risposto di sì. Così, le ho detto che come luna era proprio uno schifo, che non sembrava affatto la luna, ma una mela bucherellata. Lei ha riso. Ma mi sono accorto che non era una risata delle sue. Allora le ho chiesto se lo aveva fatto perché è lunatica. Mi ha guardato stranita. "Scherzavo!" ho detto, "mi dite sempre che non capisco la battute ironiche."
"Ahhh!!!" ha fatto lei. Ma non sembrava convinta. Stava digitando al cellulare chissà quale importante messaggio. Sempre a digitare messaggi o a parlare al telefono, mia sorella.
"La luna è il satellite della Terra" ho detto, "ma lo sai che nel nostro sistema solare ci sono tantissimi altri satelliti? Ce ne sono proprio tanti!"
Lei non ha risposto, così io ho continuato, spiegandole che in tutto sono ben 146, e che tra questi i più importanti, oltre alla luna, sono Io, Europa,

Ganimede e Callisto, i quattro satelliti maggiori di Giove. Ho aggiunto anche che sono stati scoperti da Galileo.
Lei ha scosso la testa. Non lo so perché. Forse non era convinta di quello che stava leggendo sul telefonino. Così ho continuato, parlandole degli altri satelliti, che sono Titano, il satellite di Saturno, e Tritone che ruota intorno a Nettuno.
A questo punto lei ha esclamato: "scusa, mi squilla il telefono: devo rispondere..."
Ma io non ho sentito nessuno squillo. Forse aveva inserito la vibrazione, ma lei aveva detto di averlo sentito suonare. Ha iniziato a parlare con qualcuno. Non so chi fosse, ma era tutta presa che non mi ha più dato retta. Anzi, mi ha anche fatto segno con la mano di uscire dalla stanza.
Io sono uscito subito per non farla arrabbiare. Mia sorella quando è arrabbiata comincia a urlare, e io non sopporto le urla. Mi tappo le orecchie, ma ci sento lo stesso. Non serve a niente tapparsi le orecchie. E nemmeno usare i tappi. Quelli servono per la musica del Luna Park, ma con le urla di mia sorella non funzionano mica. Meglio evitare di farla urlare.
Mi dice sempre che sono logorroico. Una volta che le stavo parlando delle più importanti band musicali degli anni '80, mi ha detto proprio così: "tu sei troppo logorroico!" Che non è un'offesa. Vuol dire

soltanto che sono uno che parla molto. Ma non è vero. A me non piace parlare. Specie con chi non conosco. Ma mia sorella la conosco. Ecco perché ci parlo tanto. Sì, insomma, con lei sono logorroico. Anche con Andrea sono logorroico. Però lui ad un certo punto mi dice: "frena, frena, frena!" che vuol dire smetti di parlare un momento.

Con Andrea mi piace tanto essere logorroico, perché posso parlare di tutto. Lui mi ascolta e fa di sì con la testa, finché non mi dice: "frena, frena, frena!" E io freno, cioè smetto di parlare e ascolto quello che mi deve dire lui. Adesso ho imparato a dire anch'io: frena, frena, frena! E quando lo dico alla mamma, lei ride e si diverte.

Io sono felice quando mamma ride e si diverte. Non lo fa spesso. Ha una faccia sempre seria e impensierita. Così quando ride e si diverte sono contento.

Grigio

Una volta ho visto un gatto morto sulla strada. Era stato investito da una macchina. C'era del sangue intorno alla sua testa e aveva gli occhi spalancati. Come se avesse visto un grosso cane che lo aggrediva. Ma non era stato un cane. Era stata un'automobile. Forse aveva gli occhi spalancati perché l'ha vista e ha avuto paura. Talmente tanta paura da rimanere immobile e non scappare.
Quando l'ho visto, pensavo fosse Figaro. Era grigio come lui. Tutto grigio, con una macchia bianca sulla fronte. Proprio in mezzo alla fronte. Erano uguali. Sapevo che non era lui. Eravamo troppo distanti da casa e so che i gatti non si allontanano mai tanto dall'abitazione del proprio padrone. Però il cuore mi batteva forte, perché non mi toglievo dalla testa l'idea che fosse proprio Figaro. Ne ero assolutamente convinto. È Figaro, pensavo, è Figaro. È senza dubbio lui. Anche se sapevo che non lo era, mi ripetevo: è Figaro, è Figaro. Col cuore che mi batteva forte, sono tornato a casa per dare la notizia a Sofia, ma non c'era. E dato che mamma era a lavoro, ho iniziato a cercare Figaro. Prima in giardino, poi per tutta la casa. L'ho trovato sul divano del salone che sonnecchiava, beato. Meno

male che mamma non c'era, perché sennò si sarebbe infuriata nel vederlo sul divano. Sì. Proprio infuriata. E lo avrebbe inseguito con la scopa. Figaro, al solo vederla con la scopa in mano, sarebbe scappato via in giardino. Sì. Sarebbe subito scappato via. Mica è stupido, Figaro! È un gatto, ma non è stupido. È un gatto intelligente. E furbo. Vedendo mamma con la scopa, sarebbe scappato in giardino all'istante. Allora ho fatto un esperimento, un esperimento come gli scienziati: ho preso la scopa e mi sono avvicinato a lui, pian pianino. Non si è mosso per niente. Ma proprio per niente. Mi ha guardato, ha miagolato e ha chiuso gli occhi. Non ero la mamma. Non rappresentavo nessuna minaccia. Ha miagolato e ha chiuso gli occhi. Così sono stato costretto a prenderlo tra le braccia e a portarlo fuori in giardino, prima che mamma tornasse. Poi sono andato nella mia camera da letto ad ascoltare la musica.

La mia camera mi piace molto. Ha le tendine alla finestra e una lampada sulla scrivania, tanti poster sulle pareti e il computer per fare tante cose. Al computer studio, faccio le ricerchine e soprattutto ascolto la musica su *YTMusic*.

La musica è stata la più grande invenzione del mondo! Ancora più importante della ruota, della stampa e di tutto il resto. La musica è quel qualcosa che ti rende allegro quando sei triste o ti calma quando sei nervoso o ti dà la carica quando non hai voglia di fare niente. La musica è stupenda. Tutta la musica! Senza nessuna distinzione. Io, infatti, ascolto tutti i generi musicali. Proprio tutti. Anche se la musica che preferisco è il rock, soprattutto quello degli anni '80. Forse perché mamma è nata nel 1980. O forse perché otto è il mio numero preferito. È il mio numero preferito perché ha la forma dell'infinito. Sì, la forma dell'infinito. Ma in piedi. Una cosa è certa: gli anni '80 sono stati gli anni più belli e innovativi per l'intero panorama musicale internazionale. Me l'ha detto Andrea, che di musica se ne intende, e la musica di quel periodo la ama tantissimo, proprio perché è stata importantissima per la nascita di nuovi stili e contaminazioni. Una volta mi ha consigliato di ascoltare la band dei The Clash, e da quel momento è diventata la mia band preferita. Abbiamo tante cose in comune, io e Andrea.

Inoltre condividiamo un profilo su Instagram, sì proprio su Instagram, dove pubblichiamo la nostra opinione su questo o quell'album o su questo o quell'artista.

Un giorno ho deciso di scrivere una recensione. Una vera recensione. Di quelle che pubblicano gli esperti e i critici musicali sulle riviste o sui siti specializzati. E su chi potevo scriverla, se non su di loro? Su di loro, ovviamente.

L'album "Sandinista" dei The Clash non dimostra affatto la sua età ultra quarantennale, non avendo niente da invidiare alle attuali compilation. Sandinista è un grande e straripante album, dallo stile eclettico e versatile. I brani che lo compongono spaziano dal puro rock, al blues, dal jazz, allo ska, per toccare persino il reggae e l'elettronica. Un album che ha segnato un'epoca, quella degli anni '80, anni in cui la musica ha toccato l'apice della creatività e dell'innovazione stilistica e strumentale.
L'album contiene la bellezza di ben 36 brani, ma basta l'ascolto dei primi dieci per apprezzare la varietà e la complessità di questo stupendo lavoro.

Naturalmente, l'ho scritta insieme ad Andrea. Io volevo che la firmassimo insieme, ma lui mi ha costretto a mettere solo il mio nome. Così ho pensato di descrivere i primi dieci brani, in maniera stringata. Mi piace il termine stringata. Che poi vuole dire breve. Ad Andrea è sembrata una grande idea così abbiamo scritto:

1 **The Magnificent Seven**: *un inizio con un giro di basso da paura.*
2 **Hitsville U.K.**: *canzone corale, fresca e spensierata.*
3 **Junco Partner**: *l'influenza reggae si sente eccome!*
4 **Ivan Meets G.I. Joe**: *effetti sonori e uso di sintetizzatori a gogò.*
5 **The Leader**: *rifacimento di un vero e proprio rock'n'roll.*
6 **Something About England**: *una classica e gradevole ballata.*
7 **Rebel Waltz**: *da una band rock non ci si aspetta un valzer....*
8 **Look Here**: *e dopo un valzer si passa ad un pezzo Jazz.*
9 **The Crooked Beat**: *minimalismo rocckeggiante con effetti eco.*
10 **Somebody Got Murdered**: *pezzo rock-pop, leggero e piacevole.*

Abbiamo ricevuto molti like, ma anche un bel po' di commenti. Non tutti belli, per la verità. Ce ne erano di belli, è vero. Ma molti erano proprio brutti.

C'erano quelli che apprezzavano quello che avevo scritto e che mi facevano i complimenti. Erano quasi tutti degli sconosciuti. Una ragazza, una certa

Susy, si chiamava così, ma secondo me non era il suo nome vero, mi ha scritto: *però, devo dire che sei bravo a scrivere. Non scrivi come parli!* Allora ho capito che era qualcuno che mi conosceva. Ma io non conosco nessuno che si chiama Susy.

Poi c'erano i commenti brutti, c'erano anche commenti come: *però, non male come recensione per un ritardato.* Oppure: *quelli come te non dovrebbero recensire la musica!* E un altro aggiungeva: *dove andremo a finire di questo passo? Anche i deficienti abbiamo sui social!*

Ho raccontato tutto ad Andrea e lui si è fatto una risata. Una risata di quelle contagiose, che fanno ridere anche te. Così, quando Andrea ride, rido anch'io.

Andrea sa sempre trovare il modo di allontanare i pensieri tristi dalla mia testa.

"Non dare retta a quei quattro idioti che scrivono queste puttanate" mi ha detto, "i veri ritardati sono loro e non se ne accorgono. Sono in ritardo su tutto."

Non so cosa intendesse di preciso con quel ritardo su tutto, ma penso di avere capito cosa volesse dire. Andrea, come la musica, sa come allontanare i pensieri tristi dalla mia testa.

Verde

A me, di andare a scuola, piace. Non mi piace andarci in autobus. Non mi piace aspettare prima che la campanella suoni. Non mi piace alzarmi dal banco durante la ricreazione o al cambio dell'ora. Durante la ricreazione resto al mio posto e mangio i miei cinque biscotti a forma di rombo. Non mi piace il bidello quando entra in classe e grida di fare silenzio. Questo succede quando manca un insegnante oppure è in ritardo.

Un'altra cosa che non mi piace sono le scritte e i disegni sui muri della mia scuola. Specie se sono brutti o con parolacce. I murales invece mi piacciono molto. Specie se sono fatti bene. Ci sono dei murales che sono bellissimi.

Una volta ne ho visto uno veramente bellissimo. Rappresentava un drago tutto verde che sputava fiamme dalla bocca. Era verde e marrone, con un'enorme testa e due zampe con degli artigli, lunghi e affilati. Sotto c'era una scritta di colore verde: *dragon vive*. Ho saputo da Andrea che Dragon era un ragazzo tunisino che frequentava il liceo di mio cugino e che tutti lo chiamavano così per un piccolo tatuaggio, identico al murales, che aveva sul braccio. Dragon è morto mentre difendeva una

sua amica da un gruppo di teppisti una sera che rientravano a casa dopo una festa con i compagni di liceo. Così gli hanno dedicato quel murales. Un murales bellissimo.
Sui muri della mia scuola, invece, murales non ce ne stanno mica. Sui muri della mia scuola ci sono disegni brutti, con parole brutte. Non mi piacciono i disegni brutti. Non mi piacciono le parole brutte. La scuola però mi piace. Anche se non sono tra i primi della classe, penso di andare bene. Come si dice? Me la cavo! Mi piace la scuola. Mi piace e ci vado volentieri.
Anche quest'anno c'è stato l'incontro scuola-famiglia. Mamma ha parlato con i miei insegnanti. Durante questi incontri i genitori parlano con gli insegnanti proprio per sapere se il figlio si comporta bene, studia e così via. Anche quest'anno mamma ha parlato con i miei insegnanti.
Mentre aspettavamo il nostro turno, il prof. Costa, il nostro professore di italiano, stava parlando con la mamma di Luigi, un mio compagno di classe che puzza, ha i vestiti e i capelli sporchi e ha l'insufficienza in quasi tutte le materie.
Ho visto che il prof diceva alla mamma di Luigi: "signora, una cosa che non capisco è come possa trascurare suo figlio in maniera così scriteriata. Io voglio bene a tutti i miei alunni, e non posso tollerare che una madre faccia la messa in piega ogni

giorno, abbia le unghie sempre curate e una decina di tatuaggi sulle braccia e sul collo, ma si disinteressi completamente di suo figlio!" Subito la faccia della mamma di Luigi è cambiata. Sembrava quella di Figaro quando si azzuffa con un altro gatto.
"A lei non devono interessare certe cose. Lei deve farsi i cazzi suoi!" ha detto.
"Cazzi è una parolaccia, vero?" ho chiesto a mamma.
"Perché?" mi ha chiesto.
"Perché la mamma di Luigi dice le parolacce al prof. Dice..."
"Quante volte ti ho detto che non devi leggere sulle labbra delle persone?"
Mamma non vuole che io capisca tutto quello che dicono le persone fissando la loro bocca. Dice che è una questione di privacy. Cioè che è vietato farsi i fatti degli altri.
Non è colpa mia se capisco tutto perché riesco a leggere guardando le labbra delle persone. Però non mi devono guardare. Sennò non ci riesco. Solo quando non mi guardano riesco a capire cosa dicono. Se mi guardano, sono costretto a guardare altrove. E come faccio a leggere quello che dicono se non li guardo?
A volte Sofia mi chiede di farlo con la tv. Ma lì è diverso. Mica la persona sullo schermo mi sta vedendo. Durante le notizie del telegiornale, mia so-

rella abbassa tutto il volume e mi chiede cosa sta dicendo il giornalista sullo schermo. Poi inizia a ridere e non la finisce più. Io sono contento che lei rida e si diverta, ma poi dopo un po' mi stufo di questa specie di giochino e me ne vado in camera ad ascoltare qualche canzone di quelle che ti fanno schizzare gli occhi fuori dalle orbite: Led Zeppelin, Linkin Park o Green Day. Quel genere di rock, insomma. Di quello che piace a me.

Questo fatto di sapere leggere sulla bocca delle persone quello che dicono, a mamma non va proprio giù. Ma per niente. Di questa mia capacità non lo sa nessuno, tranne mamma e Sofia. Neppure Andrea lo sa. Anche se avrei voluto tanto dirglielo. Mamma ha detto di non dirlo a nessuno e così ho fatto. Ma immagino la reazione di Andrea quale sarebbe stata. "Che figata pazzesca!" questa sarebbe stata la reazione di mio cugino.

Dopo la brutta parola della mamma di Luigi, il prof ha detto: "i fatti miei non me li posso fare, signora. Perché riguardano un mio alunno."

E la madre di Luigi ha detto: "sì, sarà pure un suo alunno, ma è mio figlio!"

E il prof ha detto: "proprio per questo motivo, l'avverto che, se le cose non cambieranno, sarò costretto a fare una segnalazione ai Servizi Sociali."

Allora la mamma di Luigi ha preso Luigi per mano e, senza salutare il prof, se n'è andata. Se n'è andata, sculettando. Questo termine me lo ha insegnato Andrea. Si dice di una donna che cammina e muove il sedere a destra e a sinistra. Ad Andrea piace guardare le donne sculettare. Mi ha detto che non si stancherebbe mai di guardarle. Una volta ho visto un uomo che sculettava. L'ho detto ad Andrea e lui ha riso, e mi ha detto di stare lontano da quei soggetti. Però non mi ha spiegato per quale motivo.

Quando è arrivato il nostro turno, il prof ci ha accolti con un sorriso. Sembrava contento di vederci. Proprio contento. Ha detto a mamma che andavo bene, che non c'erano problemi, che non avevo difficoltà ad apprendere tutto al pari dei miei compagni. Insomma, che era soddisfatto di me. Proprio soddisfatto.

"Sappiamo tutti i sacrifici che è costretta a fare nel portare avanti una famiglia da sola" ha detto a mamma, "ma lo fa in maniera egregia. E poi c'è Edoardo... vede, come ho detto ai miei studenti, mi piace paragonare le persone ai colori: ognuno di noi è un colore diverso, con sfumature diverse e diverse tonalità, ma tutti insieme formiamo l'arcobaleno umano. Lei, signora, si può ritenere soddisfatta di come stia crescendo suo figlio. Edoardo è una persona che pensa e percepisce in modo diverso dagli altri. Nulla di più. È uno dei tanti colori che formano l'arcobaleno umano. Con le proprie sfumature e le proprie tonalità. La forte passione per l'astronomia e la grande sensibilità musicale sono doti straordinarie per un ragazzo della sua età, che lo contraddistinguono dai suoi coetanei, sempre più attratti da interessi effimeri e di poco valore. Può ritenersi orgogliosa di avere un figlio come lui."

Quando stavamo andando via, ho visto che mamma piangeva. Ma in silenzio, senza fare rumore. Aveva le lacrime che le scendevano lungo le guance. Le ho chiesto perché era triste. Se avevo fatto qualcosa di male.

"No, non sono triste, angelo mio. Sono lacrime di felicità" ha detto, "sono felice per le belle parole che il professore ha avuto per te."

Così ho scoperto che si può essere felici, piangendo. E piangere, pur essendo felici.

Magenta

Essere un labiolettore non è sempre bello. Si chiama labiolettore chi sa leggere e interpretare le parole guardando il movimento delle labbra. Come me. Io sono un labiolettore. In genere chi legge i movimenti delle labbra sono i sordomuti. Io non sono sordomuto, però so leggere come loro. E saper leggere le labbra delle persone non è sempre bello. All'inizio mi sembrava una cosa fantastica. Leggevo le labbra di tutti quelli che incontravo, ma solo se non mi guardavano. Mi sembrava una figata pazzesca, come avrebbe esclamato Andrea se lo avesse saputo. In seguito, però, col tempo mi sono accorto che non lo è per niente. Quasi sempre quello che leggo sono cose brutte o cattive. Ecco perché mamma non vuole che lo faccia. Lei dice che non bisogna farlo per una questione di privacy, ma io so che lei non vuole che lo faccia perché quello che leggo sono cose brutte o cattive.
Non è colpa mia se, guardando qualcuno parlare, riesco a capire cosa dice. Non è colpa mia. A me non piace affatto guardare in faccia la gente. Non mi piace per niente. Infatti, evito sempre di guardare in faccia la gente. Quando lo faccio, lo faccio così, senza pensarci. Lo faccio involontariamente.

Dovrei chiudere gli occhi, per non farlo. Oppure guardare la strada o il pavimento. Infatti, è quello che faccio spesso. Guardo per terra e non ci penso più. Non vedo le voci. Voci cattive. Parole brutte. Io le vedo e loro non se ne accorgono. Voci come: ritardato, mongoloide, spastico, down. Io le voci le vedo, di quello che dicono di me. Loro pensano che non me ne accorgo, quando parlano di me. Non sanno che sono un labiolettore. Mi chiamano ritardato, mongoloide, spastico, down, ma non sanno che in realtà ho solo la sindrome di Asperger. Che non è una malattia tanto tanto grave.
Ho sentito questo nome dal dottor Magenta, il nostro medico, che si chiama come il colore, il magenta, che è anche un colore, un colore strano, che non si capisce se assomiglia più al rosso, al violetto o al rosa.
Eravamo nel suo studio, quando il dottor Magenta ha pronunciato quella parola. Lo studio del dottor Magenta profuma di lavanda ed ha tutte le pareti tappezzate di diplomi e quadri. Nella sala d'attesa, invece, le pareti sono ricoperte di poster dove ci sono scritte come: *l'apnea notturna si può curare*, oppure *settimana della prevenzione dentaria,* e cose di questo tipo.
Il giorno che ha detto quella parola, il dottor Magenta indossava un camice bianco. Ce l'aveva sbottonato, su di una camicia con la cravatta. Era una

cravatta tutta colorata a strisce e pallini. I pallini erano ventidue e le strisce quattordici. Li ho contati, mentre il dottore parlava con mamma e ha pronunciato quella parola.
Così ho fatto una ricerchina su internet. Su Wikipedia c'era scritto:

> *La sindrome di Asperger è un disturbo pervasivo dello sviluppo, annoverato fra i disturbi dello spettro autistico; non comportando ritardi nell'acquisizione delle capacità linguistiche né disabilità intellettive, è comunemente considerata un disturbo dello spettro autistico «ad alto funzionamento». La locuzione fu coniata dalla psichiatra del Regno Unito Lorna Wing in una rivista medica del 1981 in onore di Hans Asperger, uno psichiatra e pediatra austriaco, il cui lavoro non fu riconosciuto fino agli anni novanta.*

Non ho continuato a leggere perché dopo le parole si facevano più difficili. Mica sono un medico per capirci qualcosa, io. C'erano termini come *eziologia* e *comorbilità*. Mica sono uno specialista, io. Però una cosa l'ho capita. Ho capito che il mio caso non è poi così grave. C'è chi sta peggio di me. Molto peggio.

Nella mia scuola c'è Marco, un mio coetaneo che frequenta un'altra sezione, che è bloccato sulla sedia a rotelle. È bloccato perché le sue gambe non si muovono più da quando ha avuto un incidente. Io non riuscirei a stare seduto per tanto tempo. Mi stanco a stare seduto per tanto tempo. Figuriamoci a stare seduto per sempre.

Oppure c'è Martina, che è cieca dalla nascita. Cieca dalla nascita vuol dire che non ha mai visto il sole, il cielo, il mare, gli alberi, gli uccelli, tutto quello che c'è di bello da vedere. È sempre accompagnata da qualcuno. Il suo papà o la sua mamma. Sono loro che l'accompagnano all'entrata e all'uscita dalla scuola. Il papà di Martina sorride sempre. Sia all'entrata che all'uscita dalla scuola. Sorride e le parla. La mamma invece è sempre seria seria. Una volta ho provato a chiudere gli occhi per capire quello che provano i ciechi. È stato terribile. Ma veramente tanto. Una sensazione bruttissima. Proprio brutta brutta.

Sì, il mio caso non è tanto tanto grave. C'è chi sta peggio. Molto peggio.

Blu

Quando Andrea è diventato maggiorenne, ha organizzato una bellissima festa. L'ha organizzata di sabato, così il giorno dopo era festa. Sì, era festa, e non si andava a scuola o a lavoro. C'erano la musica, il disc jockey, le luci colorate, quelle psichedeliche e tanti tavoli, con tanti piatti, bicchieri e bottiglie. C'erano tante cose da mangiare e da bere. Ma non c'erano i miei bastoncini di pesce, però.
"Non incominciare a fare lo scemo" mi ha detto Sofia, quando le ho chiesto i miei bastoncini. Ma io non volevo fare lo scemo. Volevo solo i miei bastoncini.
Andrea mi ha portato un piatto. Ci ho guardato dentro. Assomigliavano ai miei bastoncini, ma non lo erano. L'ho detto ad Andrea. Lui mi ha detto che quelli erano ancora più buoni dei miei bastoncini. Così li ho assaggiati. Li ho mangiati tutti. Ma non è vero che fossero più buoni dei miei bastoncini. Erano solo più croccanti.
Il locale della festa era di quelli importanti. Di quelli dove si organizzano feste e cerimonie importanti. In effetti, la festa di Andrea era di quelle importanti: diventava maggiorenne.

Maggiorenne si diventa a diciotto anni. Diventare maggiorenne significa che puoi fare tutto quello che ti pare. Più o meno, quello che ti pare. Infatti, quando l'ho chiesto ad Andrea, lui mi ha risposto che non puoi fare tutto come ti pare. Mi ha detto che, quando si diventa maggiorenne, si possono fare più cose di quelle che si potevano fare prima, ma che bisogna farle con più attenzione. Sì, con più attenzione. Mi ha fatto l'esempio della patente per guidare le automobili. Quando diventi maggiorenne ti danno la patente per guidare le automobili, ma quando guidi, devi fare attenzione a non provocare incidenti, come per esempio investire qualcuno o scontrarti con un'altra vettura. Quando avviene uno scontro tra automobili, c'è sempre qualcuno che si fa male. E questo è brutto. Quando qualcuno si fa male e arriva l'ambulanza con i soccorsi medici, è sempre una brutta cosa. E quando si è maggiorenni e si guida, bisogna fare molta più attenzione.
Durante la festa di Andrea, ho conosciuto tante persone. Tutte molto gentili con me. Chi mi invitava a ballare, chi mi faceva i complimenti per come ero vestito. Che poi non avevo niente di speciale: un paio di jeans senza buchi e un maglione blu a tinta unita. Mamma mi ha detto che non potevo presentarmi ad una festa così importante con addosso i soliti indumenti. Dovevo fare bella figu-

ra. E il blu, secondo la mamma, mi sta a meraviglia.
Tra tutte le persone che ho conosciuto, ho fatto amicizia con Claudia. Claudia è una ragazza della mia stessa età, che ho visto spesso a scuola. Ma non siamo compagni di classe. Lei frequenta un'altra sezione. Mi ha detto che era alla festa insieme alla sorella, che è un'amica di Andrea. Io le ho detto che sono cugino, amico e quasi fratello di Andrea. Abbiamo parlato dei professori. Dei suoi e dei miei. E di quello che volevamo fare da grandi.
Lei mi ha detto che il suo sogno è quello di diventare medico, per potere aiutare le persone che stanno male. Io, che vorrei fare l'astronauta o il musicista.
"Sì sì, l'astronauta o il musicista" ho detto, "so quanto sia difficile diventare astronauta o musicista, ma intanto sto imparando a suonare la chitarra… sto imparando a suonare. Per imparare a volare c'è tempo."
"Sei anche spiritoso!" mi ha detto, ridendo.
Che ero spiritoso non me lo aveva detto mai nessuno. È difficile trovare qualcuno che mi trova spiritoso. E me lo dice pure. Anche imparare a suonare la chitarra non è per niente facile. Anzi, è proprio difficile. Sembra facile, ma non lo è affatto.
Così ho spiegato a Claudia che gli accordi più difficili sono il FA maggiore e il RE minore col barrè.

Per chi sta imparando a suonare la chitarra, gli accordi più difficili sono proprio quelli col barrè. Il barrè vuol dire che devi tenere tutte le corde schiacciate con un solo dito. Che a dirlo così, non sembra niente di che. Ma provate un po' a farlo!
Poi le ho detto che scrivo recensioni e le ho parlato di tutti i generi musicali. Ma proprio tutti tutti. Dalla A alla Zeta. Veramente non sono arrivato alla zeta perché mi ha fermato prima, dicendomi che le era venuta sete e che andava a prendere da bere per tutti e due.
"Vado a prendere da bere e torno" mi ha detto, proprio quando stavo per passare alla lettera P di *Pop*. Poi, dopo, le avrei parlato dei generi *Progressive, Psichedelico, Punk Rock, Rock'n'roll, Ska* e *Underground.*
Ma lei è andata a prendere da bere. Proprio in quel momento ho guardato in alto e mi sono accorto che la luna era più grande e luminosa del solito. E questo succede quando la luna è molto vicina alla terra. In questo caso si parla di Luna in perigeo. Quando è più lontana si dice in apogeo. Avrei voluto dirlo a Claudia, ma tardava a tornare, così ho cercato tra le persone mia sorella per dirle che ero stanco e volevo tornare a casa. L'ho vista che chiacchierava con un suo amichetto nei pressi della pista da ballo. Quando le ho detto che volevo andare via, mi ha fatto notare che era presto e che aveva voglia di stare ancora un po' e di aspettarla

seduto al tavolino. Così mi sono seduto a guardare quelli che ballavano. Mi piace guardare quelli che ballano. Io non so ballare. Io quando ascolto un pezzo che mi piace muovo la testa. Muovo soltanto la testa. E il pezzo che andava in quel momento era proprio bello. Mi piaceva tanto. Così ho iniziato a muovere la testa, finché non mi sono accorto che una coppia mi stava fissando. Sì, mi fissava con un sorrisino sulla faccia. La faccia di lui. Lei, invece, era tutta seria. A un certo punto lui le ha detto: guarda quel deficiente come muove la testa! Allora mi sono girato a guardare le luci psichedeliche che illuminavano la pista. La luce verde si accendeva ogni tre volte che si accendeva quella rossa e contemporaneamente alla gialla si illuminava anche quella azzurra. Quella azzurra era una lampada di Wood. Una lampada molto particolare. Wood è lo scienziato che l'ha inventata. La caratteristica principale di questa lampada è che illumina tutto ciò che è bianco e lo rende fosforescente. È un effetto particolare dovuto alla produzione di radiazioni elettromagnetiche come i raggi ultravioletti. I raggi ultravioletti si trovano ovunque, anche nello spazio, e vengono osservati con telescopi speciali per avere informazioni sull'evoluzione delle galassie. È proprio un effetto particolare quello della lampada di Wood sugli oggetti bianchi. Tutto ciò che è bianco, lo rende fosforescente. Le magliette, le camicie e perfino i denti.

C'era una ragazza che rideva continuamente. Forse lo faceva apposta. Indossava una collana di perle che facevano lo stesso effetto dei denti. A volte non si capiva quali fossero i denti e quali le perle.

Mi sono voltato a guardare la coppia che mi fissava. Non c'era più. Lì, nei pressi, c'era Andrea, che chiacchierava con un'amica. Mi ha visto che lo guardavo, mi ha sorriso e mi ha mostrato il pollice alzato. Gli ho risposto alla stessa maniera. Io e Andrea ci capiamo anche con i gesti. Siamo d'accordo su tutto. Ma proprio tutto tutto. Ecco perché oltre ad essere mio cugino è anche il mio più grande amico.

Ho cominciato ad avere sete. Mi sono ricordato che Claudia mi aveva detto che andava a prendere da bere. Forse perché anche lei aveva sete. Ma, adesso, ad avere sete ero io. E lei non c'era. Forse era tornata e non mi aveva trovato. Mi ero spostato prima che lei tornasse. E stavo morendo di sete. Ho guardato le bibite sul tavolo: ce n'erano di tutte le specie. C'era una caraffa con dentro delle fette di arancia che galleggiavano sulla bevanda, fresca e invitante. E soprattutto dissetante. Io l'aranciata di solito non la bevo, ma avevo tanta di quella sete che non ho resistito.

Era buona e fresca. Il sapore dell'arancia si sentiva appena, però, ogni volta che bevevo, mi sentivo pizzicare il naso. Però era buona. Era fresca. E mi dissetava. Dopo un paio di bicchieri, ho iniziato a sentire caldo, sudavo e la testa mi girava. Sentivo gli occhi pesanti pesanti. Non riuscivo a tenerli proprio aperti. Mi sforzavo di tenerli aperti. Mi sforzavo proprio tanto, ma non ci riuscivo. Finché, a un certo punto, si sono chiusi completamente.

Bianco

Quando mia sorella fa così, mi fa proprio arrabbiare.

Mamma è a letto, ammalata. Non si sente bene. Ha la febbre. Non può andare al lavoro. Per questo, non mi può accompagnare a scuola, come fa di solito. Lo fa sempre. Prima di andare a lavoro. Quando sta bene. Ma quando è ammalata non lo può fare. Oggi, poi, è anche lunedì. Già, lunedì. Non posso fare ritardo il lunedì. Alla prima ora ho lezione di storia. A me piace la storia. Sapere quello che è successo tanto tempo fa. Mi piace proprio.

"Come faccio, ora?" ho chiesto a Sofia.

"Non ti preoccupare" mi ha risposto.

"Come faccio? Non posso fare ritardo. Non posso fare..."

"Edoardo, non iniziare a stressarmi!"

"Non voglio stressarti. Voglio solo andare a scuola."

"Ho capito. Adesso ci vai."

Non voglio arrivare in ritardo. Non sono mai arrivato in ritardo. Non mi piace arrivare in ritardo. Poi proprio oggi che è lunedì. Non mi piace arrivare in ritardo. Entrare in classe per ultimo, entrare

da solo, che tutti ti guardano. Quando qualcuno arriva in ritardo, succede sempre che tutti si girano a guardarlo. E non è una bella sensazione quando tutti ti guardano mentre entri da solo in classe. Per niente proprio.
"Non posso fare ritardo" ho ripetuto, "non posso proprio."
"Possibile che senza di noi non sai fare nulla?" ha detto mia sorella.
Non c'ho visto più! So che si dice così quando uno si arrabbia. Non ci vede più. Oppure gli girano le palle. Un giorno Andrea mi ha detto che aveva le palle girate, che voleva dire che era arrabbiato. Io non ci vedevo più e avevo le palle girate per quello che aveva detto Sofia.
Così ho preso e sono uscito di casa da solo. Mi sono diretto verso la fermata dell'autobus, deciso ad andare a scuola da solo. Per strada guardavo per terra e intanto contavo le mattonelle del marciapiedi. A scuola, in autobus, ci sono andato già qualche volta. Ma mai da solo. Mi ha sempre accompagnato Sofia. Ma quella volta ci stavo andando da solo. Era la prima volta che andavo a scuola in autobus da solo. Inoltre, avevo pure le palle girate.
Sono arrivato a 752 mattonelle. Da casa alla fermata dell'autobus ci sono 752 mattonelle. A un certo punto ho dovuto attraversare la strada, e lì non ce

n'erano di mattonelle, c'erano delle strisce bianche. Quelle pedonali. 6 strisce pedonali per essere esatti e 752 mattonelle separano la mia casa dalla fermata dell'autobus.
Alla fermata, ad aspettare l'autobus, non c'erano tante persone. Forse perché tutti preferiscono viaggiare con l'automobile. Eravamo pochi ad aspettare. L'autobus ha fatto pochissimo ritardo. Quando è arrivato, sono salito dalla porta posteriore e mi sono seduto in uno dei posti dietro dietro. Meno male che non era affollato. Non ci sarei salito per nessuna ragione al mondo se fosse stato affollato. Se fosse stato affollato avrei preferito farmela a piedi fino alla scuola. Un bel tratto di strada. Ma lo avrei preferito.
L'autista si è alzato ed è venuto verso di me.
"Non lo sai che è vietato salire dalla porta posteriore? Che bisogna entrare da quella anteriore per vidimare il biglietto?"
Non ho risposto. Cosa dovevo rispondere?
"Ce l'hai il biglietto?" mi ha chiesto.
Gli ho dato il biglietto. Ce n'ho sempre qualcuno nello zaino in caso di bisogno. Mamma pensa sempre a tutto. Anche quando si ammala. Anzi sembra che lo abbia fatto apposta ad ammalarsi. Per farmi usare il biglietto che mi ha detto di tenere nello zaino in caso di bisogno. L'ho preso e l'ho dato all'autista.

"Santa pazienza" ha detto l'autista, "lo devi convalidare."
Mi ha fatto segno di seguirlo. Mi sono alzato e l'ho seguito. Abbiamo attraversato tutto l'autobus. Tutti i passeggeri mi guardavano mentre passavo, mentre io non sapevo dove guardare. Così ho guardato la schiena dell'autista. Aveva la camicia tutta stropicciata, sudata e fuori dai pantaloni. Quando siamo arrivati vicino alla macchinetta, ha infilato il biglietto in una fessura. L'apparecchietto ha emesso un rumore strano: una specie di cicalio metallico.
Mentre tornavo al mio posto, ho contato i passi che ho dovuto fare per attraversare l'automezzo. Diciassette in tutto. Quasi diciotto. Poi, finalmente, l'autobus è partito.
Per tutto il tempo ho guardato fuori dal finestrino. Le insegne dei negozi erano tutte diverse l'una dall'altra. Tranne in tre casi, che erano tutte tre della stessa forma. Ma con le scritte e i colori diversi. Più avanti, si è seduta accanto a me una signora e, a quel punto, mi sono alzato io. Non sopporto che le persone mi stiano vicine, soprattutto quelle che non conosco. L'autobus è il posto dove più facilmente avviene il contatto fisico. E io odio essere toccato. Soprattutto dagli sconosciuti. Mi sono aggrappato alla maniglia di sostegno e lì sono rimasto finché l'autobus non è arrivato a scuola.

Quando sono sceso, c'era Claudia ad aspettarmi. Sì sì aspettava proprio me! Me l'ha pure detto. Mi ha detto che non c'eravamo più visti dalla sera della festa. E mi voleva rivedere.

Indossava una maglietta bianca con la scritta rossa *Love's*. Era molto bella. Mi piaceva molto.

"Mi piace la tua maglietta" le ho detto.

"Veramente?"

Ho fatto di sì con la testa.

"E che altro ti piace?"

"Mi piace la musica, l'astronomia, la pizza coi peperoni e l'ottovolante" ho detto. "E a te? Cosa piace a te?" le ho chiesto.

"A me piace il cinema, il gelato, andare in bicicletta e pattinare."

"Qual è il tuo colore preferito?"

Ero proprio curioso di sapere il suo colore preferito.

"Il bianco" mi ha detto.

"E perché il bianco?"

"Be', sono tante le cose bianche che mi piacciono. La neve è bianca, il latte è bianco, le nuvole sono bianche. La mia maglietta è bianca" ha detto e ha iniziato a ridere.

Non ho capito se era una battuta. Non sono bravo a capire le battute, però ho riso anch'io.

"Il mio è l'azzurro" ho detto.

"In effetti sono tante le cose belle di colore azzurro: il cielo è azzurro, il mare è azzurro e i miei occhi sono azzurri!"
Ho guardato bene. Non mi ero accorto che avesse gli occhi azzurri. Anche se non erano proprio azzurri azzurri.
"E quali sono le cose che non ti piacciono?" le ho chiesto.
"Non mi piace annoiarmi, non mi piace chi si lamenta continuamente e la cipolla. Sono costretta a litigare sempre con mia madre, che la usa in tutte le pietanze."
Ho fatto di sì con la testa. Anche se a me la cipolla nelle pietanze non dà fastidio.
"E tu? Cos'è che non sopporti proprio?"
"A parte mia sorella che è insopportabile, non sopporto il rumore dell'acqua che cade dalla doccia sui contenitori dello shampoo sul pavimento."
"È vero! È un rumore veramente fastidioso. Io invece odio indossare l'accappatoio umido. È una sensazione orrenda!"
A questo punto ho sentito il mio cellulare vibrare. Ce l'avevo nella tasca dei jeans e ha cominciato a vibrare. Sapevo che era Sofia che mi stava chiamando, così ho fatto finta di niente. Non volevo rispondere e ho fatto finta di niente. Ma la vibrazione si sentiva e l'ha sentita anche Claudia che mi ha chiesto perché non rispondevo.

"È quella rompi di mia sorella" le ho detto.
Si è messa a ridere. Ma non so perché. Mia sorella è veramente una rompi di quelle insopportabili. Non c'era niente da ridere. Fatto sta che alla fine ho dovuto rispondere. Quella non la finiva più di chiamarmi. E ho dovuto rispondere. Le ho detto che era tutto ok. Mi ha fatto un sacco di domande. Se stavo bene, se avevo avuto dei problemi a prendere l'autobus, se avevo incontrato qualcuno che conoscevo, se in quel momento ero a scuola, se stavo da solo o insieme a qualcuno. Io non ho risposto a nessuna domanda. Anche perché mi si accavallavano tutte nella testa e non sapevo a quale rispondere prima. Così alla fine, ma proprio alla fine, Sofia ha capito, ha smesso di fare domande e mi ha detto che mi avrebbe aspettato all'uscita.
Io voglio bene a mia sorella. Anche se è una grande rompi. Ma certe volte non la sopporto proprio. Ma per niente proprio.

Porpora

È bello, quando fai una nuova scoperta. E quando sono più di una, è ancora più bello. Io ho fatto tre nuove scoperte. Una è di quelle nuovissime, che neppure pensavo esistesse.
Ho scoperto di non essermi mai accorto che il mio accappatoio fosse umido, perché non lo è mai. Non lo è mai, perché ne ho due. E mamma ogni volta lo cambia. Ne ho due dello stesso colore. Identici, dello stesso colore, che mamma cambia ogni volta. Ecco perché non mi sono mai accorto che il mio accappatoio fosse umido. Perché non sapevo di averne due. Claudia dovrebbe fare così: averne due. Non troverebbe mai l'accappatoio umido. Avendone due, come me. Questa era la prima scoperta che ho fatto. Quella nuovissima.
Un'altra scoperta riguarda il motivo che mi ha fatto addormentare durante la festa di Andrea. Quello che ho bevuto quella sera si chiama Negroni. Negroni, così si chiama. È un cocktail alcolico. Ecco perché sentivo caldo, mi girava la testa e poi mi sono addormentato. Perché ho bevuto dell'alcol. Me l'ha detto Andrea. Che mi ha riportato a casa, insieme a mia sorella, mentre dormivo. Mamma, per fortuna, non ha saputo niente.

"Non facciamo sapere niente a mamma. Ok?" ha detto Sofia. Sapeva che mamma si sarebbe arrabbiata se avesse saputo quello che era successo. Si sarebbe arrabbiata, sì. E anche di brutto. Così ci siamo messi d'accordo, io, mio cugino e mia sorella che non avremmo fatto sapere niente a mamma. Anche se a me di nascondere le cose non piace affatto, in questo caso è stato meglio non farle sapere niente.
L'ultima scoperta si tratta di una rock band. Ecco perché non è una scoperta così eccezionale. Perché di band sconosciute ne scopro spesso e volentieri. O parlando con Andrea, o chattando sui siti specializzati, o facendo ricerchine in rete. Sì, in rete. In rete ne scopro sempre di nuove.
Stavolta ho scoperto i *Violent Femmes,* che vuole dire: Femmine Violente, anche se la band è formata solo da maschi. Violent Femmes tradotto vuol dire Femmine Violente. È un gruppo degli anni '80. È straordinario che non lo conoscessi. Ma dopotutto, le band sono tante che uno mica può conoscerle tutte!
Sono curiosi i nomi delle band. A volte non vogliono dire nulla. A volte sono strani. A volte incomprensibili o che hanno un significato diverso da quello letterale. Che non c'entra niente.
Per esempio, *Deep Purple* significa: profondo porpora. Anche se il colore non c'entra niente. Ma

proprio niente. Deep Purple è il titolo di una vecchia canzone che ascoltava sempre la nonna di Ritchie Blackmore, il leader della band.
Come *Pink Floyd* che vuol dire fluido rosa, ma proviene dall'unione dei nomi di due musicisti blues americani: Pink Anderson e Floyd Council.
O come il nome dei *Beatles* che viene associato agli scarafaggi, ma che in realtà con gli scarafaggi non c'entra nulla. Ma proprio nulla.
Se dovessi formare una band saprei già il nome da darle: Astronomical Music. Che tradotto significa Musica Astronomica. Per uno a cui piace la musica e l'astronomia penso sia il massimo. Musica e astronomia insieme: il massimo! L'astronomia poi ha ispirato tante belle canzoni. La prima che mi viene in mente è *Space Oddity* di David Bowie. Un brano lento, malinconico e struggente. Mi piace il termine struggente. Viene usato spesso nelle recensioni musicali per descrivere una canzone che tocca le emozioni dell'ascoltatore. Un'altra espressione che mi piace tanto è *pietra miliare*. Pietra miliare si utilizza soprattutto per descrivere un brano o un album veramente molto bello, qualcosa che ha segnato un'epoca o che ha dato una svolta importante nel modo di fare musica.
Fare una recensione mica è una cosa semplice. Non la può fare chiunque. Per niente proprio. Molte persone che le fanno, non sanno nemmeno

di che cosa stanno parlando. Come fai a parlare di musica se non sai la differenza tra melodia e armonia? Se non sai che il ritmo è la disposizione dei suoni nel tempo? E che il tempo è suddiviso in intervalli regolari chiamati misure o battute? Molti queste cose non le sanno, eppure fanno i sapientoni.

"Siete tutti sapientoni!" aveva commentato Andrea, un giorno che aveva letto una recensione che non gli era piaciuta per niente. A me quella recensione non mi era sembrata proprio brutta brutta.

"Come fate a dire che l'assolo di chitarra iniziale di *Come As You Are* è identico a *Life Goes On* dei *The Damned*?" aveva ribattuto mio cugino ad un commento.

Il fatto che qualcuno mettesse in discussione anche soltanto l'incipit di un pezzo della sua band preferita, Andrea non riusciva a tollerarlo.

Avrei voluto dirgli che può succedere. Il pentagramma è formato da sette note soltanto. Può succedere. Dopotutto, anche *Eighties* dei *Killing Joke* si apre con un giro di chitarra quasi identico. Non gli ho detto niente. Andrea è mio amico e mio cugino. Ho preferito non dirgli niente.

È stata la prima volta che Andrea e io non eravamo d'accordo su qualcosa.

Rosso

Era un sabato, quando con mia sorella ci siamo recati nel centro commerciale a fare shopping.
"Mi accompagni a fare shopping?" mi ha domandato. "Dai, su! Accompagnami. Devo comprarmi un paio di stivali. Quelli che ho, sono stravecchi e ammuffiti. Devo comprarne un paio nuovi. Ne approfitto che ci sono i saldi di fine stagione, ma non mi va di andarci da sola. Mi accompagni?"
L'ho guardata per un po', senza risponderle. Sapevo che me lo chiedeva perché doveva vedersi con il suo amichetto. Lo aveva fatto altre volte. Stavo per dirle di no, ma lei mi ha fatto lo sguardo che di solito fa quando vuole intenerire mamma. Così ha intenerito anche me, che in genere non mi intenerisco tanto facilmente. Ma per niente proprio.
Sofia sa che a me non piace stare in mezzo alla gente. Soprattutto quando la gente diventa folla e rumore. La folla e il rumore non li sopporto proprio. La gente va bene, ma la folla e il rumore a me danno tanto fastidio. Sofia ha detto che ci andavamo nel primo pomeriggio, quando non c'era tanta gente e nemmeno la folla e il rumore.
Aveva ragione. Quando siamo arrivati, il centro commerciale non era affollato.

"Mi aspetti qui?" ha detto Sofia, "torno tra dieci minuti."

Andava a trovare il suo amichetto. Si chiama Orazio. È un nome strano. Lo so. Mi ricorda il duello tra i Curiazi e gli Orazi. Se ci penso mi viene da ridere. Lavora come commesso in un negozio di articoli sportivi. Forse perché è uno sportivo. Ha dei muscoli che sembra uno di quei gladiatori romani che combattevano negli anfiteatri con le belve feroci o come quei lottatori che si sfidano sul ring e non sai mai se fanno sul serio o è tutta una messinscena. Andrea dice che è tutta una montatura. Che gli incontri sono preparati a tavolino. Forse è proprio come dice lui. Ma a me non piacciono per niente. Che siano preparati a tavolino o reali, io non li sopporto.

Orazio frequenta una palestra che sta proprio nel centro commerciale. È lì che i suoi bicipiti, così si chiamano i muscoli delle braccia, crescono e diventano sempre più grossi.

Mentre aspettavo che Sofia tornasse, mi sono messo a guardare le vetrine dei negozi. Nel centro commerciale ci sono tanti negozi che ci vorrebbe una giornata intera a girarli tutti. Io mi accontento di guardare le vetrine. Nei negozi ci entro raramente. E quando lo faccio, sono insieme a mamma o a mia sorella. E se lo faccio, è perché devo comprare qualcosa. Non come tanti, che ci entrano solo per

guardare, fare domande, provare quel maglione o quella camicia, quel pantalone o quella giacca e poi, dopo aver fatto perdere un sacco di tempo al commesso o alla commessa, uscire senza avere comprato niente. Se fossi il commesso, non so come potrei reagire. Mamma mi dice che bisogna sempre e in ogni occasione mantenere la calma. A volte mi agito, è vero. E perdo il controllo. Per questo motivo, il lavoro di commesso non potrei mai farlo. Non sopporterei proprio quelli che entrano, girano, chiedono, provano e poi vanno via senza acquistare nulla. Non li sopporterei proprio per niente. E perderei il controllo.
Mentre aspettavo mia sorella, guardavo in una vetrina un maglione che mi piaceva molto. Era un maglione uguale a quello di Andrea. Glielo avevo visto addosso un giorno. Un giorno che doveva uscire con gli amici e aveva messo il gel nei capelli. E mi era piaciuto subito. Ma da subito proprio. Dal primo momento che lo avevo visto. Soltanto che il suo era giallo. Quello in vetrina, invece, era azzurro. E siccome l'azzurro è il mio colore preferito, mi ero fermato a fissarlo. Per quanto era bello e per quanto era azzurro. Più lo fissavo e più mi piaceva. E più mi piaceva e più mi sembrava azzurro.

Mentre ero lì a fissarlo, è uscito dal negozio un tipo, che si è avvicinato. Forse il padrone del negozio o un commesso. Non lo so.
"Posso esserti d'aiuto?"
Ho fatto cenno di no con la testa, senza voltarmi. Non mi piace guardare in faccia la gente. E nemmeno che la gente mi guardi.
Lui, intanto, si è allontanato.
Io ho continuato a fissare quel maglione. Era troppo bello! Sarei rimasto lì a fissarlo per ore. Poi ho notato che quello indossato dal manichino, un maglione col collo a V di colore rosso scuro, aveva una scucitura sull'orlo della manica sinistra. Si notava appena, ma era lì. E non era possibile che un maglione nuovo, esposto in una vetrina, addosso ad un manichino, avesse quel difetto così appariscente. Inoltre, il manichino aveva una macchia sul pantalone, era una macchia dalla forma… dalla forma… mi stavo concentrando nel capire di che forma fosse quella benedetta macchia, quando è tornato il tipo e ha cominciato a guardarmi. Non mi sono voltato, ma sapevo che mi stava guardando. Ho continuato a fissare la vetrina. Non sapevo dove guardare: se il maglione che mi era piaciuto tanto sin dall'inizio, quello con la scucitura sull'orlo della manica o la macchia sul pantalone che indossava il manichino.
"Allora?" ha detto il tipo.

"Allora?" ho detto io.
"Hai trovato quello cerchi?"
"Io? Ho trovato quello che cerco?"
"Mi stai prendendo per il culo?" ha chiesto.
"Culo! È una parolaccia, culo! Perché hai detto una parolaccia?" gli ho chiesto.
"Ma sei scemo o cosa?" mi ha chiesto lui.
A furia di domande e contro domande non la finivamo più. Così ho pensato che era meglio chiarire come stavano le cose.
"Sono autistico" ho detto, "leggermente autistico. Ma proprio leggero eh! Che quasi non te ne accorgi."
"Infatti, non me ne ero accorto" ha detto quello, "ma che tanto normale non lo eri, lo avevo capito."
Però, continuava a fissarmi, mentre cercavo di non pensare a lui e ai suoi occhi puntati su di me. La situazione continuava a rendermi nervoso.
"Voi autistici ci mettete sempre tanto tempo a scegliere un prodotto?" ha ricominciato con le domande. Non gli ho risposto e ho continuato a fissare la vetrina.
"Comunque, fai con comodo" ha aggiunto e si è allontanato.
Non volevo che quel tipo tornasse. E mi guardasse ancora. Mi sono spostato un pochino. Mi sarebbe piaciuto capire di che forma fosse la macchia sul

pantalone indossato dal manichino, ma ho pensato che fosse meglio spostarsi da lì. Sono passato a guardare la vetrina del negozio dopo. Era un negozio di fiori. Nella vetrina ce n'erano di tutti i colori. Proprio come i giorni. Fiori di tante specie diverse. Ho riconosciuto le rose, le margherite, i tulipani e basta. Le altre specie non le conoscevo per niente. Non sono uno specialista di fiori, io. Lo sono in astronomia e nella musica, ma di fiori non ci capisco proprio niente. Ma niente niente.

Era bella come vetrina. Era colorata, sistemata bene. Il vetro era lucido lucido. Non come quello del negozio prima. Su quello c'erano macchie, impronte e anche dei graffi. Quello dei fiori era così lucido, che pareva uno specchio. Infatti, vedevo tutto quello che succedeva alle mie spalle. Come quando si guarda attraverso uno specchio. Ho visto un uomo con la barba scura, che parlava con una donna con un foulard rosso intorno alla testa e i jeans dello stesso colore di quelli che indossa spesso Andrea. Ho letto quello che dicevano. L'uomo ha detto "ma quando c….! (e ha detto quella parolaccia), arrivano quelle teste di c….! (e ha ridetto la parolaccia), dovevano essere già qui."

Sembrava arrabbiato e nervoso e anche agitato. La donna ha cercato di calmarlo.

"Vedrai che stanno per arrivare" ha detto, "avranno avuto un imprevisto."

Però sembrava agitata anche lei. Si toccava spesso i capelli e si guardava in giro. Forse nella speranza di vedere arrivare le teste di quella brutta parola.
L'uomo si è acceso una sigaretta.
La donna gli ha detto di volerne una anche lei.
L'uomo gliel'ha data e poi ha detto: "sei sicura di volerlo fare?"
La donna ha fatto segno di sì con la testa.
"Ci saranno donne e bambini. E non dovremo guardare in faccia a nessuno."
Non avranno mica il mio stesso problema? Ho pensato. Anch'io non guardo mai in faccia nessuno.
"Stai tranquillo, nessun problema" ha detto la donna, "quello che c'è da fare, lo faremo senza guardare in faccia a nessuno."
L'uomo è sembrato soddisfatto da questa risposta e ha guardato l'orologio. Aveva a tracolla un borsone nero, di quelli sportivi. Ha finito di fumare la sigaretta, l'ha gettata sul pavimento e l'ha schiacciata col piede. Non si gettano le cicche per terra. Non si fa. Però lo ha fatto, con la faccia di quelli che lo possono fare senza che nessuno si permetta di dire niente. Quel tipo di faccia che solo a guardarla ti fa venire la strizza. Una faccia brutta e cattiva.
Questo è un altro motivo che mi spinge a non guardare le persone. Non sai mai che faccia ti ri-

trovi a guardare. Ma quella era la faccia di uno cattivo cattivo. Di quelli che nei film fanno la parte dei cattivi. Di quelli che non rispettano la legge e sono inseguiti dalla polizia. E già me lo immaginavo con la pistola in mano, quando ho sentito qualcuno che mi toccava la spalla. Ho gridato e sono saltato di lato, mentre il cuore ha iniziato a battermi forte e ho iniziato a respirare affannosamente, come quando, dopo una corsa, ti manca il respiro. Già soffro terribilmente essere toccato in condizioni normali, figuriamoci quando sono distratto!

Ho gridato, ho chiuso gli occhi e ho stretto i pugni. Questo mi succede ogni volta che qualcuno mi tocca. Ho chiuso gli occhi e ho stretto i pugni. E con gli occhi chiusi e i pugni stretti, ho sentito la voce di mia sorella dirmi che non voleva spaventarmi, che pensava l'avessi vista arrivare.

"Scusami! Scusami!" mi ripeteva. Ho capito che diceva la verità, ma non avevo nessuna voglia di scusarla. Nessuna proprio.

Ho riaperto gli occhi e ho fissato la vetrina. La coppia non c'era più. Era sparita.

"Edo, mi puoi scusare?" mi ha chiesto Sofia.

"Non ci sono più. Sono andati via" ho detto io.

Mia sorella si è guardata intorno: "chi è andato via?"

Non ho risposto. Non mi andava di spiegare tutto quello che avevo visto dire. Troppo complicato,

troppo lungo. Volevo continuare il mio giro; volevo continuare a guardare le vetrine dei negozi.
"Senti, Edo. Ero venuta a chiederti se avevi bisogno di qualcosa."
"Guardo le vetrine" le ho detto, "non ho bisogno di niente. Non ho bisogno..."
"Orazio si è offerto di accompagnarmi a comprare gli stivali. Te lo ricordi Orazio, no?"
Sapevo che Orazio ci stava guardando, ma non mi sono voltato e ho fatto cenno di sì. Me lo ricordavo Orazio. Certo che me lo ricordavo. Alto alto, grosso grosso e coi piedi lunghi.
"Allora, vado, eh? Ci vediamo dopo."
"Mancano dieci minuti alle sei" ho detto.
"E allora?"
"Alle sei ho la merenda con le fette biscottate."
"Prenderemo un cornetto al bar."
"Non è la stessa cosa."
"No, non è la stessa cosa, ma per una volta possiamo trasgredire la regola. Che dici?"
Non ero convinto. Le ho fatto cenno di sì. Ma non ero convinto. I cornetti mi piacciono, ma soltanto la domenica mattina, a colazione, al posto dei cereali.
Li ho guardati, mentre si allontanavano.
Orazio, quando cammina, muove le mani con i palmi all'indietro e sembra avere sempre fretta, come di chi è in ritardo ad un appuntamento.

Tranne quando è insieme a mia sorella. Quando è insieme a mia sorella, si muove molto lentamente, quasi a rallentatore, ma sempre con i palmi delle mani rivolti all'indietro.
Sono entrati in un negozio di calzature. Sofia aveva detto che doveva comprare degli stivali. Lei usa sempre gli stivali, quelli neri con le fibbie di lato. Anche d'estate. È una strana, mia sorella. Come fai a portare gli stivali anche d'estate?
Il negozio aveva un'insegna con una lettera, la lettera T, meno luminosa delle altre. Mentre la guardavo, pensavo che forse quel difetto era dovuto perché arrivava meno elettricità. Ho guardato le insegne degli altri negozi e a tutte arrivava la stessa elettricità. Mi sono voltato per guardare le insegne alle mie spalle e ho visto passare l'uomo con la barba scura e la donna col foulard rosso. Avevano fretta. Talmente tanta fretta, che avevano dimenticato il borsone. La donna è andata a destra, mentre l'uomo si è diretto verso di me. Quando mi è passato accanto, l'ho guardato dritto negli occhi. Non lo faccio mai. Ho paura a incrociare lo sguardo di qualcuno. Ma quella volta l'ho fatto. E l'ho visto bene in faccia. Una faccia scura scura, con due occhi neri neri e piccoli piccoli. Come quelli di un topo.
Ho guardato la lettera T, quella meno luminosa, e ho visto che aveva iniziato a tremare. Anche se

luccicava di più rispetto a prima. Un signore mi è passato accanto con un carrello della spesa completamente carico di prodotti. Chissà quanti soldi aveva speso per quel carrello così carico.
Stavo guardando quel carrello, quando ho sentito un rumore fortissimo e qualcuno che mi ha dato una spinta. Ma una spinta talmente forte che mi ha scaraventato sul pavimento. Quando ho aperto gli occhi, nell'aria c'era tanta polvere, tutto intorno persone che correvano e gridavano. Ma non capivo le loro parole. Avevo ancora nelle orecchie quel rumore fortissimo e un fischio che non la smetteva di fischiare. Mi sono ricordato che stavo con mia sorella e che era andata a comprare gli stivali nuovi. Mi sono messo in piedi e mi sono avvicinato all'ingresso del negozio. Il vetro della vetrina era rotto. C'erano persone per terra che si lamentavano. Il pavimento era ricoperto di polvere e macchiato di rosso. Poi ho visto Sofia. Era stesa sul pavimento. Stava piangendo. E si teneva la testa. Quando mi ha visto, mi ha sorriso. Ma si vedeva che mi sorrideva per forza. Subito dopo, infatti, ha ricominciato a piangere e a lamentarsi.
Ho infilato la mano nella tasca dei jeans e ho toccato il mio sassolino. Era lì. Non si era spostato. Per un momento avevo temuto di averlo perso durante la caduta. Mi sono sentito afferrare il braccio e mi sono voltato. Era un uomo, con gli occhiali e i

capelli bianchi, che mi ha chiesto se stavo bene o se ero ferito. Ho spostato il braccio, perché a me di essere toccato non piace per niente, e ho indicato Sofia.

"Quella è mia sorella" ho detto, "ha bisogno di aiuto. Ha bisogno..."

"Tra poco arrivano i soccorsi" ha detto l'uomo. Voleva riafferrarmi il braccio, ma io non gliel'ho consentito. Così ha capito che non volevo essere toccato e mi ha indicato il bar.

"Fatti dare un bicchiere d'acqua e chiama qualcuno dei tuoi."

"Chiamo qualcuno dei miei" ho detto, "chiamo mamma."

"Chiamo mamma!" ho gridato a mia sorella. Sofia ha fatto cenno di sì e mi ha sorriso. Ma si vedeva che mi sorrideva per forza.

Nero

Figaro si chiama così perché lo abbiamo deciso io e mia sorella un giorno che non ci mettevamo d'accordo. Però, poi, alla fine, ci siamo messi d'accordo sul nome di Figaro. A lei è piaciuto perché le ricordava il nome del gatto di Pinocchio. Il cartone animato di tanti anni fa che però piace sempre a tutti. A me Figaro ricordava il protagonista del barbiere di Siviglia, il barbiere di Siviglia, l'opera lirica di Rossini. Così ci siamo messi d'accordo. A tutti e due piaceva per un motivo, anche se diverso. Così ci siamo messi d'accordo sul nome da dare al nostro gatto.

I gatti mi piacciono più dei cani. Non lo so perché. Ma è così. Anche se i cani ti fanno la festa quando ti vedono, io preferisco i gatti. I gatti sono furbi. A volte graffiano, è vero. Però solo quando li provochi.

Un giorno ho letto una poesia sui gatti.

"Ehi" disse il topo incontrando il gatto,
"perché mangi sempre il mio formaggio?"
"Per farti un favore" il gatto rispose,
"se non lo facessi, per te sarebbe peggio."
"Ma senza cibo sono destinato a perire."

Stai tranquillo" il gatto lo rassicurò,
"in quanto amico non ti darò il tempo di morire,
perché il favore che t'ho fatto mi riprenderò."

Dopo che l'ho letta ho capito perché tante volte si dice *fare come il gatto col topo* oppure *sta facendo il gioco del gatto col topo* e cose di questo tipo. A me piacciono i gatti. Più dei cani. Anche se a volte fanno dei danni che i cani non farebbero.
Come quella volta che Figaro è entrato in casa della vicina e ha rotto un vaso, che mamma ha dovuto fare gli straordinari per poterlo rimborsare.
Mamma lavora in ospedale. È infermiera specializzata. A volte è costretta a lavorare di notte. Come infermiera specializzata, fa i turni di notte, e quella volta ha dovuto fare tanti turni di notte per ripagare il vaso della vicina. Perché era un vaso molto pregiato. E molto costoso.
Mamma cura le persone che non stanno bene. Le aiuta quando hanno bisogno di aiuto. E le cura quando devono essere curate. Una volta mi ha detto che il peggiore reparto dove ha lavorato è stato il pronto soccorso. Lì non ci vuole più tornare. Perché è stata male. Ma proprio male. Ha visto tante cose brutte, al pronto soccorso. Ha visto anche le persone morire, al pronto soccorso.
Un giorno mamma mi ha spiegato cosa vuol dire morire. Mi ha detto che morire vuol dire staccarsi

come una foglia dall'albero della vita, per farsi trasportare lontano dal vento; essere come un cristallo di sale che si scioglie nell'acqua e la rende salata; volare come una stella cadente, che solca il cielo di notte e poi scompare in un buco nero.
"Ma le meteore sono dei frammenti di asteroide o di un altro corpo celeste che, entrando all'interno dell'atmosfera terrestre, si incendia a causa dell'attrito" ho detto io, "e i buchi neri sono dei corpi celesti con un campo gravitazionale così intenso da non lasciare sfuggire né la materia, né la radiazione elettromagnetica..."
"Frena, frena, frena! Penso di aver sbagliato a farti quest'ultimo esempio" ha detto mamma, ridendo.
È buffa mamma, quando dice: frena, frena, frena! Lo dice in una maniera tutta sua. Ha imparato a dirlo anche lei quando deve interrompere qualcuno che sta parlando. Ha imparato a dirlo anche lei. Ma in una maniera tutta sua.
Però, da quel momento, penso di avere capito cosa vuol dire morire. Così ho capito perché l'ottovolante di Alberto, da un giorno all'altro, era sparito. E anche perché Alberto era sparito.
E il giorno che è sparita nonna, non c'è stato bisogno che qualcuno mi spiegasse quello che era successo. L'ho capito da solo.

Anguria

Sono un tipo difficile, io. Anche quando ricevo dei regali, sono difficile.
Mamma dice che non bisogna essere troppo esigenti quando si ricevono dei regali. Che il pensiero è quello che conta. Ma io penso di non essere esigente se, quando ricevo un regalo che non mi piace, dico che fa schifo. Allora che mi regalino dei soldi, così mi compro quello che mi piace. O che mi è utile. Se un regalo non mi piace o non mi è utile, io dico che fa schifo.
Un regalo che mi è piaciuto tantissimo è stato il telescopio che mi ha regalato zia Adele per il mio compleanno.
"Finalmente un regalo che mi piace tanto" ho detto, quando ho scartato il pacco, "non come quello della signora Consuelo che fa proprio schifo!"
Mamma ha sorriso. Ma non era un sorriso dei suoi.
"No, perché? È un maglioncino di lana così bello!" ha detto, "vedrai come ti sarà utile quest'inverno."
Mamma ha detto così perché la signora Consuelo non ci rimanesse male, ma sa bene che io, gli indumenti di lana, non li sopporto. Mi pizzicano la pelle. Mi danno proprio fastidio. Che ci posso fare se mi danno fastidio?

Una volta mia sorella ha ricevuto in regalo un libro. Ha fatto una faccia! Non sapeva cosa dire. Fossi stato io avrei detto che fa schifo. Ma non perché a me i libri non piacciono. Perché so che non piacciono a Sofia. Ha cominciato a sfogliarlo e a dire cose strane tipo: sì, sì, interessante... oh che bello! Ma era un libro di cucina. Che cosa ci può essere di bello o interessante in un libro di cucina, non lo so. Che poi, mia sorella non l'ho mai vista cucinare. Quindi, se proprio doveva essere un libro, un libro di cucina era l'ultimo dei libri da regalare a mia sorella. Ma proprio l'ultimo.
Dicono che i regali dovrebbero essere accettati sempre con piacere. Ma se il regalo non piace, come fa ad essere accettato con piacere? Questo è quello che non capisco. Se a me non piace, come faccio a dire che mi piace? Solo perché sono un tipo difficile? Invece a me pare la cosa più semplice del mondo dire che una cosa non ti piace se non ti piace veramente.
E il telescopio di zia Adele è stato un regalo che a me è piaciuto tantissimo. Zia sapeva della mia passione per l'astronomia. Ecco perché ha pensato di regalarmi proprio un telescopio. Il telescopio è uno strumento utilissimo per chi, come me, ama l'astronomia. Quello che mi ha regalato zia, poi, è uno dei migliori in assoluto per l'osservazione dei pianeti, ma anche per osservare i corpi celesti più

lontani, come le stelle e le galassie. La caratteristica più importante di un telescopio è sicuramente il diametro. Più è grande e più facilmente ti permette di ingrandire le immagini senza perdere contrasto o luminosità. Il telescopio che mi ha regalato zia è un ottimo telescopio. Ecco perché, come regalo, mi è piaciuto tantissimo.

Un giorno mamma ha ricevuto un regalo che ha rifiutato subito. Ma proprio all'istante. L'ha rimandato indietro al mittente. Non ha detto che faceva schifo. Ha detto che lo rifiutava. Non lo voleva. Il regalo era un mazzo di rose. Mamma sapeva chi gliela aveva spedito. Ecco perché l'ha rispedito al mittente.

Mi ha spiegato che le rose erano da parte di un collega che si era infatuato di lei. Che le stava sempre addosso. Le stava col fiato sul collo, ha detto. E avere il fiato sul collo da qualcuno, non dev'essere una bella sensazione. Per niente proprio.

Un giorno mamma mi ha portato in ospedale con lei, perché c'era una specie di festa. Era un reparto dove c'erano tutti bambini. Alcuni di loro avevano perso i capelli per la cura che stavano facendo. Altri non potevano camminare e venivano spinti sulla sedia a rotelle. Altri ancora erano a letto e non potevano alzarsi, perché avevano dei tubicini attaccati al naso e alle braccia e senza di quelli potevano

morire. Già, senza quei tubicini, rischiavano di morire.
Era una specie di festa con i clown e i giocolieri, come quelli che si vedono al circo. Ma vestiti in maniera diversa. I clown avevano il naso tondo e rosso, ma indossavano un costume che rappresentava un frutto. Ce n'era uno vestito da banana e uno da anguria. I giocolieri, invece, indossavano il costume di Arlecchino. Un vestito variopinto. C'erano un sacco di regali. Ad ogni bimbo davano un regalo e tutti erano contenti di riceverlo.
Mamma mi ha chiesto se volevo aiutare i clown e i giocolieri a distribuire i pacchi ai bambini. Non che mi andasse molto di farlo. Ma sapevo che a mamma avrebbe fatto piacere. Sì, le avrebbe fatto piacere. Così l'ho fatto. Ho accontentato mamma.
Mentre aiutavo i clown e i giocolieri a distribuire i regali, ho riconosciuto Fabio, il figlio di una nostra vicina di casa. Quando gli ho portato il pacchetto, lui mi ha guardato e mi ha chiesto se ero io. Se ero Edoardo, il ragazzo che abita in fondo alla stessa via dove abita lui. Gli ho detto di sì, che ero io. Mi ha sorriso, ma non era un sorriso come quelli delle pubblicità. Era un sorriso triste. Mi guardava con quel suo sorriso triste e io non sapevo cosa dire. Guardavo il tubicino che aveva infilato con un ago nel braccio e non sapevo cosa dire.
"Lo sai che sto per morire?" mi ha domandato.

Non sapevo cosa rispondere. Ho guardato le sue mani: erano magre magre e bianche bianche.
Poi ho sentito il mio nome. Era mamma che mi chiamava.
“Devo andare” ho detto. Lui mi ha fatto ciao con la mano. Con la sua mano, magra e bianca.
Quando mi sono avvicinato a mamma, lei mi ha chiesto se volevo continuare a distribuire i regali.
Ho detto di no. Erano le dieci. Era l’ora dello spuntino.
“Ah già, che sbadata!” ha detto mamma, toccandosi la fronte. Si era scordata che dovevo fare lo spuntino. Però la macedonia di frutta che mi aveva preparato era proprio buona. Non l’ho finita tutta perché era tanta. Mamma prepara sempre le cose in abbondanza. Era tanta, ma era buona.
Quando stavo andando via, uno dei due clown, quello vestito da anguria, ci aspettava vicino alla porta con un pacchetto tra le mani.
“Questo è per te. Perché sei stato un prezioso collaboratore” mi ha detto.
Ho aperto il pacchetto. C’era un gioco da tavolo, di quelli che si usano durante le feste di Natale, come le carte, la tombola e lo scarabeo.
Come regalo non mi è piaciuto tantissimo. Però non faceva nemmeno tanto schifo. Così ho ringraziato e siamo andati via. Penso che mamma abbia tirato un sospiro di sollievo.

Turchese

Dopo quello che è successo al centro commerciale, sono stato convocato nel commissariato di polizia. Un vero commissariato. Con tanto di uffici, sale d'attesa e poliziotti in uniforme. Sono stato convocato come testimone. Il testimone in genere non dovrebbe temere niente. Non è accusato di niente, non può essere imprigionato oppure incolpato di qualcosa. Ma proprio di niente. Perché non ha fatto niente. Ha solo visto qualcosa che può essere utile agli investigatori per le indagini. Ma ero nervoso, comunque. Non ero tranquillo, comunque. E mamma a ripetermi di stare tranquillo. E a farmi innervosire di più. Quando mamma mi dice di stare tranquillo, io divento più nervoso. Non ci posso fare niente.

Quando siamo arrivati, ci hanno fatto accomodare in una sala d'attesa. Nella stanza c'erano altre persone. Persone che si guardavano l'uno con l'altro. Io per tutto il tempo ho guardato il pavimento. Era fatto di piastrelle rettangolari, con gli angoli arrotondati. Non avevo mai visto delle piastrelle così. Avevano i bordi irregolari e spigolosi. Erano incastrate tra di loro a zig zag, formando un disegno strano che bisognava seguire con gli occhi per capirci qualcosa. L'estremità di una mattonella cadeva in corrispondenza della metà di quella successiva. L'estremità di questa nella metà di quella successiva. E così via. Finché questa specie di zig zag non veniva interrotto dalla parete. Arrivato a questo punto, bisognava ripercorrere a ritroso il percorso fatto in precedenza, però lungo la mattonella successiva. Finché non si arrivava sulla parete di fronte e il percorso ricominciava daccapo. Le ho contate da un lato e dall'altro. Il numero era diverso. La stanza, infatti, era rettangolare. E il rettangolo ha i due lati opposti uguali. Stavo ricontando le mattonelle un'altra volta, per essere sicuro di quante erano, quando ho sentito la voce di un uomo gridare il mio nome e mamma dirmi che dovevamo andare.

Siamo entrati in una stanza con una scrivania. Dietro la scrivania non c'era nessuno. Un poliziotto ci ha detto di sederci e di aspettare. Io ho iniziato ad agitarmi. L'ho detto a mamma. Lei mi ha detto che non ne avevo il motivo. Era la prima volta che entravo in un commissariato. Era la prima volta che dovevo essere interrogato. Le interrogazioni le faccio, sì, ma a scuola. Mai fatte di fronte alla polizia. Dovevo pure aspettare. Ed io mi agito ancora di più quando devo aspettare di essere interrogato. Mi agito a scuola, figuriamoci in un commissariato di polizia!

"Guarda su quella parete quante cose belle ci sono" mi ha detto mamma. Sa che se mi distraggo, l'agitazione mi passa. Ho guardato la parete dietro la scrivania. Era ricoperta da foto, stemmi, quadri e quadretti. Erano tutti allineati, tranne uno. Era un po' più basso rispetto agli altri. E un altro ancora era inclinato. Pendeva verso destra. Stonava veramente tanto con gli altri. Ma tanto proprio.
Mi sono alzato e mi sono avvicinato per guardarli da vicino. In uno c'era scritto:

Ministero degli Interni
Dipartimento di Polizia di Stato
Encomio concesso all'ispettore
Fulvio Florenzi
per l'eccezionale professionalità,
il grande spirito di coraggio e
l'alto senso di responsabilità
dimostrati nell'esercizio del proprio dovere.

non appena ho finito di leggere, ho sentito mamma che mi chiamava. Quando mi sono voltato, ho visto sulla porta un uomo con la giacca, ma senza cravatta. Indossava un paio di jeans e delle scarpe di tela bianche. Erano delle scarpe veramente belle. Sono tornato a sedermi e le ho guardate per tutto il tempo che l'uomo ha impiegato ad entrare, chiudere la porta e andarsi a sedere. Allora sono sparite dietro la scrivania. Avevano dei dischetti di metallo intorno ai buchi dei lacci e una striscia di colore turchese sul dorso, proprio in corrispondenza dei cerchietti. Erano proprio belle!

"Buongiorno signora. Sono l'ispettore Fulvio Florenzi" ha detto l'uomo.

Era un ispettore! Un ispettore vero. Come quello dei telefilm.

"La ringrazio per essere qui con suo figlio, a cui farò qualche domanda. Come sta sua figlia? So che è rimasta ferita, fortunatamente in maniera non grave."

"Meglio, ispettore. Grazie" ha detto mamma.

Sentivo la voce di mamma e quella dell'ispettore che parlavano, ma quel quadro inclinato era lì, sempre storto rispetto agli altri a rovinare tutto l'insieme. Non poteva restare così, rovinava tutto. Qualcuno doveva metterlo a posto. Perché nessuno lo vedeva? Perché nessuno lo rimetteva nella giusta posizione? Chissà da quanto tempo stava così. Senza che nessuno lo vedesse e lo rimettesse a posto. Quella parete poteva essere perfetta. Quel quadro rovinava tutto.

"Edoardo!" ho sentito una voce. Mamma mi ha indicato l'ispettore: "Fulvio vuole chiederti qualcosa."

Ho guardato Fulvio. Che prima era ispettore. E poi è diventato Fulvio. I suoi capelli erano scuri scuri,

a parte quelli vicino alle orecchie. I capelli vicino alle orecchie erano molto più chiari. Ma quelli sull'orecchio destro, più chiari ancora di quelli sull'orecchio sinistro. Forse perché l'orecchio destro era un pochino più sporgente del sinistro.
"Ciao Edoardo" mi ha detto.
"Ciao" ho risposto.
"So che eri presente sabato scorso, quando c'è stato l'attentato al centro commerciale. So anche che ti sei spaventato tanto."
"Mi sono spaventato tanto. Mi sono..."
"Certo. C'era da spaventarsi. Il forte rumore improvviso, la gente che fuggiva, i feriti che si lamentavano. Chi non si sarebbe spaventato? Ho bisogno del tuo aiuto. Mi vuoi aiutare?"
Ho fatto cenno di sì con la testa.
"Vedi, nella zona dove c'è stato l'attentato, le telecamere erano inefficienti, probabilmente messe fuori uso da complici, pertanto abbiamo bisogno dell'aiuto dei testimoni. Mamma mi ha detto che sei un ottimo osservatore e che ricordi tutto perfettamente. Tu cosa ricordi? Hai visto persone sospette prima dell'esplosione? Qualcuno con uno zaino o un borsone? Persone che si allontanavano di corsa? E quanti erano in tutto?"
A quale domanda dovevo rispondere prima? Dovevo iniziare dalla prima o dall'ultima? Quando mi capita di dover fare più scelte, mi si accavallano

tutte nella testa e finisco per non sapere quale scegliere. Figuriamoci quando sono delle domande!
Allora mi sono concentrato sull'orecchio di Fulvio. Ma un orecchio può essere più sporgente dell'altro? Forse a causa dei capelli meno scuri. Ho guardato la sua fronte. Aveva delle rughe lunghe, ma leggerissime. Ma proprio leggere. Che quasi non si vedevano.
Guardare le persone sulla fronte anziché negli occhi è un trucchetto che mi ha insegnato il mio prof. Durante le interrogazioni non riuscivo a rispondere alle sue domande. Mi disse di non guardarlo negli occhi, ma di fissargli la fronte. È stato così che ho cominciato a dare le risposte giuste.
Dopo che mamma ha detto qualcosa a Fulvio, lui ha ricominciato con le domande. Questa volta me le faceva una alla volta. Io ho risposto a tutte, perché non mi si accavallavano nella testa. Avevo il tempo per pensare e rispondere. Proprio come le interrogazioni a scuola.
Mamma sembrava contenta delle risposte che davo. Proprio contenta.
Alla fine delle domande, l'ispettore mi ha chiesto se ero capace di riconoscere l'uomo e la donna che avevo visto sul riflesso della vetrina. Ho detto di sì. Lui si è alzato ed è uscito dalla stanza. Mentre l'attraversava, ho guardato le sue scarpe. Oltre ai dischetti di metallo intorno ai buchi dei lacci e una

striscia di colore turchese sul dorso, avevano un marchio sui due lati. Veramente belle!
"Bravo Edo!" ha detto mamma, "speriamo che le tue indicazioni possano servire per catturare i colpevoli."
Ero contento. Ero contento perché stavo collaborando con la giustizia. Ed ero contento perché anche mamma era contenta. Ho guardato i quadri sulla parete. Non riuscivo a non fissare lo sguardo su quel quadro inclinato. Non potevo proprio farne a meno. Avrei voluto alzarmi per spostarlo e metterlo nella stessa posizione degli altri. Ma non sapevo se potevo farlo. Mica stavo nella mia stanza. Nella mia stanza i quadri sono tutti allineati. Ma qui ero nell'ufficio di un ispettore di polizia. Non sapevo se potevo farlo. Stavo per chiedere a mamma se potevo farlo, quando Fulvio è tornato. Aveva una cartella in mano. La cartella era trasparente ed era chiusa da un elastico largo e bianco. Nella cartella c'erano tanti disegni. Erano degli identikit, mi ha spiegato, eseguiti in base alle testimonianze, ma molto diverse tra di loro. Me li ha fatti vedere uno alla volta, e ogni volta mi chiedeva se riconoscevo l'uomo col borsone. Io ho fatto di no con la testa per tutto il tempo. Non avevo mai visto quelle persone. Poi, a un certo punto, ho visto quella faccia, quella faccia scura scura, con due occhi neri e piccoli come quelli di un topo.

Ho guardato mamma e dopo l'ispettore.

"È lui?" mi ha domandato.

Ho fatto cenno di sì con la testa.

"Sei sicuro?" mi ha chiesto.

"Certo che sono sicuro. Ha gli occhi come quelli di un topo."

"Sì, in effetti, è tutt'altro che un belvedere" ha detto Fulvio, ridendo.

Anche mamma ha sorriso.

"Hai detto che c'era una donna con lui. Hai mica sentito cosa si dicevano?"

"L'ho visto."

"In che senso?"

"Ho visto quello che dicevano."

Fulvio ha guardato mamma.

"È un labiolettore" ha detto mamma.

Lui si è voltato a guardarmi. Mi ha fissato per un po'. Sembrava sorpreso.

"Questa tua attitudine è molto interessante" ha poi affermato, "e quindi, cosa si sono detti?"

Gli ho riferito quello che si erano detti. Non esattamente con le loro stesse parole. Non potevo certo ricordare esattamente tutto. Però penso di essere stato utile.

Mentre gli parlavo, faceva di sì con la testa e pareva soddisfatto di quello che gli riferivo. Alla fine, infatti, mi ha ringraziato e mi ha detto che ero stato di grande aiuto.

"Quel quadro è storto" ho detto. Ho indicato il quadro a Fulvio, che si è voltato a guardare.
"Hai ragione" ha detto, "mi faresti la cortesia di metterlo a posto?"
Mi sono alzato e sono andato a mettere a posto il quadro. Ora erano tutti allineati e precisi.

Rosa

Prima che si ammalasse, nonna viveva da sola nella sua vecchia casa in campagna. La casa era vecchia, era vecchia come lei, ma a me piaceva tanto. Aveva i soffitti alti e le finestre con le persiane di legno. Erano rovinate. Si vedeva da lontano che erano vecchie, però funzionavano ancora.
La casa era circondata dagli alberi, e sugli alberi c'erano le Pica pica.
Nonna chiamava così le gazze e questo mi faceva ridere. Poi, più tardi, ho scoperto, facendo una ricerchina su internet, che Pica pica è il nome delle gazze. La nonna aveva ragione a chiamarle così. Anche se a me faceva ridere come lo diceva lei. "Queste dannate Pica pica!" diceva, "queste dannate Pica pica non stanno mai zitte!"
Le gazze vivevano sugli alberi che circondavano la casa e gracchiavano in continuazione. Nonna diceva sempre: mai che stiano zitte queste bestiacce della malora! Anche in questo caso io ridevo perché non capivo cos'era la malora.
Nonna fumava delle sigarette che preparava lei stessa. Aveva l'abitudine di prepararsele da sola con cartina, tabacco e tutto il resto. Era bravissima a prepararle. Proprio brava. Veloce e precisa. Tal-

mente veloce e precisa, che quella volta che Andrea l'ha vista ha esclamato: per la miseria nonna, a rollare sei più brava di Furio!
A nonna piaceva tanto cucinare. La sua specialità era l'arrosto di tacchino. Era buonissimo. Roba da leccarsi i baffi. Anche a chi non ce l'ha i baffi. Si dice così quando qualcosa da mangiare è buona. È da leccarsi i baffi, si dice.
In cucina nonna indossava sempre il suo grembiule rosa, con delle tasche larghe larghe dove infilava di tutto. Mentre cucinava, le tasche del suo grembiule erano una specie di dispensa. Pezzi di cipolla, pomodorini, carote, ci metteva proprio di tutto, mentre preparava le pietanze. A volte si scordava di averceli messi e li cercava in giro.
"Dove ho messo la cipolla?" chiedeva, "e l'aglio? Dov'è finito l'aglio? Benedetto il cielo, mai che riesca a trovare le cose dopo averle usate."
Nonna benediva sempre il cielo. Anche quando era nero nero, pieno di nuvoloni. Anche durante un temporale. Per lei, il cielo era sempre benedetto.
A me, invece, quando è scuro e piove, il cielo non mi piace mica. Proprio per niente. Soprattutto quanto tuona e tira il vento, che lo senti fischiare attraverso le persiane della finestra. Che sembra che voglia entrare e portarti via.

Una volta era tanto forte, mi ha raccontato mamma, che ha staccato il tetto di un capannone e lo ha trasportato a chilometri di distanza.
A mamma i temporali fanno tanta paura da quando ha visto la morte in faccia, dice lei. Mi ha raccontato che da ragazzina era in bagno a pettinarsi davanti allo specchio con la finestra aperta. Fuori c'era un forte temporale, ma di quelli proprio forti che un fulmine è entrato dalla finestra, l'ha sfiorata e ha bucato la vasca da bagno. Il lampo era stato talmente forte che era rimasta abbagliata. Solo quando aveva riaperto gli occhi, si era accorta della stanza invasa dal fumo e del foro sulla vasca da bagno. Da quella volta, mamma ha un vero e proprio terrore dei temporali. Ecco perché, quando ne scoppia uno, controlla che tutte le porte e le finestre siano chiuse.
A nonna, invece, il temporale non le procurava nessun fastidio. Ma per niente proprio. Diceva che il buon Dio lassù si era arrabbiato e stava brontolando. A lei davano fastidio le Pica pica. Le odiava proprio. Ma tanto tanto. Veramente tantissimo. Come quella volta che si era scordata aperta la gabbia delle galline e le gazze le avevano mangiato tutte le uova. Nonna, alle galline e alle uova, ci teneva tanto. Anzi tantissimo.
Quando è venuta ad abitare da noi, nonna non stava bene. Aveva sempre la tosse e non respirava

bene. Anzi respirava proprio malissimo. Ogni tanto per potere respirare aveva bisogno di una mascherina sulla bocca, collegata alla bombola dell'ossigeno.
"Queste sono le conseguenze di tutte le sigarette che ha fumato!" diceva mamma a zia Adele.
"Maledette sigarette!" diceva zia Adele, "sapessi quante di quelle volte le ho detto di non esagerare con quel veleno."
"Purtroppo ne vedo tanti ridotti come lei o anche peggio. Nove volte su dieci sono fumatori incalliti" diceva mamma.
Zia Adele era contenta che Andrea non fumasse. Anche se non era proprio vero. Qualche sigaretta mio cugino la fumava.
Una volta lo avevo visto che fumava, così lui mi aveva fatto promettere di non dire niente a nessuno. Io avevo promesso. Certo che avevo promesso. Mica potevo tradire il mio più grande amico e cugino che avevo!
"Fumo solo qualche sigaretta, ogni tanto" mi aveva detto, "non sono mica deficiente come Furio, che si fa le canne."
Poi mi ha raccontato che quando il suo amico si fa le canne, comincia a ridere senza motivo. Proprio come i deficienti. Gli occhi gli diventano rossi rossi, comincia a parlare e a muoversi lentamente e in maniera confusa.

"Al tuo amico piace parlare e muoversi così, avere gli occhi rossi e ridere senza motivo?" ho chiesto ad Andrea.
"Può darsi"
"E perché gli piace?"
"Perché è un deficiente."

Argento

Alla fine ho scoperto quale sarà il terzo, grande interesse della mia vita. Sono stato indeciso fino alla fine tra il calcio e le ragazze. Ma poi, alla fine, ho deciso.
Andrea, quando gioca, è veramente bravo. Quando lo guardo giocare mi esalto, faccio il tifo per lui e quando segna o fa una giocata di quelle da rimanere a bocca aperta, sono contento. Ma tanto contento. Lui è veramente un campione con il pallone tra i piedi. Lui ha vinto tanti premi: in un campionato juniores si è classificato primo nella graduatoria dei goleador, mentre in un altro torneo ha vinto il premio come miglior calciatore e ha ricevuto una targa d'argento con l'incisione del suo nome.
Una volta ha fatto un goal strepitoso. Ha fatto prima passare il pallone tra le gambe di un avversario, poi ne ha saltato un altro e ha calciato il pallone all'incrocio dei pali della porta. Il portiere non ci sarebbe arrivato mai a parare quel tiro. Mai e poi mai. Un goal talmente bello, che zio nel vederlo si è sentito male. Che hanno chiamato il 118. Però quando sono arrivati i soccorsi, zio già stava meglio. Zia si è spaventata. All'inizio. Poi, quando zio si è ripreso dal malore e zia si è ripresa dallo spa-

vento, hanno cominciato a litigare. Zia rimproverava zio di averla fatta spaventare col suo malore, e zio ribatteva a zia che non avrebbe dovuto spaventarsi, in quanto non era stato un vero e proprio malore, ma solo un'eccessiva esultanza. Però, intanto, si era sentito male per davvero.

Io ho provato a guardare le partite importanti alla TV, quelle del campionato di serie A, della Champions League, quelle delle grandi squadre, ma non mi fanno lo stesso effetto delle partite dove gioca Andrea. Per niente proprio. Anche le partite della Nazionale, ho provato a guardare. Quelle che a tutti provocano delle grandi emozioni, perché riguardano la propria Nazionale. Ecco, neppure quelle riescono ad appassionarmi come le partite nelle quali gioca mio cugino. Forse proprio per questo. Forse perché c'è lui che gioca. Allora, ho capito che non è il calcio ad appassionarmi, ma la presenza di Andrea in campo. Così ho capito che il calcio non poteva essere il terzo, grande interesse della mia vita.

Ho capito quale sarebbe stato il terzo, grande interesse della mia vita, parlando con Claudia. Quella sera, durante la festa di compleanno di Andrea. E poi, tutte le altre volte che l'ho incontrata e sono stato insieme a lei.

All'inizio va tutto bene. Va tutto come deve andare. Stiamo parlando e va tutto bene. Non succede

niente di che. Dopo qualche minuto, però, comincio a sentire caldo. Sento caldo, ma non sudo. Mi inizia a girare la testa, allora comincio a parlare, parlare, parlare, senza fermarmi. Non la smetto più di parlare. Divento logorroico. Non c'è nessuno a dirmi: frena, frena, frena! Se Claudia lo sapesse, me lo direbbe. E io mi fermerei subito. Ma non lo dice. E io continuo a parlare.
Però, mi sono accorto che a provocarmi questi effetti non è soltanto Claudia, ma tutte le ragazze. Prima mi batte forte il cuore, come quando mi spavento per qualcosa, poi inizio a sentire caldo e mi gira la testa, come quella sera dopo aver bevuto il negroni, infine, inizio a parlare e non la smetto più, come faccio con mamma, Andrea o Sofia. Questi sono gli effetti, in ordine cronologico. Esattamente questi.
Andrea mi ha detto che sono sintomi del tutto normali alla mia età. Sono i sintomi che provoca la vicinanza di una ragazza, durante l'adolescenza. Insieme all'eccitazione.
L'eccitazione è un altro sintomo che indica la forte attrazione verso le ragazze.
Quando sono eccitato, sento un calore alla bocca dello stomaco e il mio pene che si gonfia, diventa caldo e rosso, e devo fare qualcosa, perché altrimenti rischia di scoppiare.

Un giorno, mamma me ne ha parlato, mi ha detto che è assolutamente naturale quello che mi succede. Succede a tutti di eccitarsi. È una reazione ormonale dell'organismo ad una sollecitazione esterna, che bisogna assecondare nei giusti modi e nei luoghi appropriati. Questo ha detto lei. Così io l'assecondo, nei posti appropriati. Sì, insomma, quelli privati. Dove sai di essere da solo e che nessuno può venire a disturbarti.

A parte il fatto che a me di essere disturbato, mi disturba sempre terribilmente. Figuriamoci quando sto assecondando un'eccitazione! Mi disturberebbe tantissimo, essere disturbato.

Andrea ha detto che l'eccitazione la si può assecondare anche insieme a qualcun altro. Che è molto più piacevole farlo insieme a qualcun altro. In genere con una ragazza.

Secondo lui, assecondare l'eccitazione insieme a qualcun altro, è una delle cose più belle della vita.

Finora, i miei sogni ricorrenti riguardavano l'astronomia o la musica. Sognavo pianeti lontani, nebulose bellissime e galassie infinite. Sognavo di essere una rockstar, in tour per il mondo, che firmava autografi ai fans. Adesso, invece, sempre più spesso, durante certe notti, sogno di stare insieme ad una ragazza che mi piace. Qualcuna di quelle che frequentano la mia stessa scuola. Ce ne sono di bellissime! Stiamo insieme, passeggiamo, tenendoci

per mano, e poi ci baciamo. Sì, ci baciamo. E quando mi sveglio, mi sveglio con una grande eccitazione che devo assecondare.
Sì, penso proprio che le ragazze saranno il terzo, grande interesse della mia vita.

Arancione

Quando sono in macchina ad aspettare, mi piace ascoltare la musica con gli occhi chiusi. Ogni tanto, con gli occhi chiusi, immagino di essere un astronauta che parte per un lunghissimo viaggio intergalattico. Un astronauta che parte verso lo spazio più profondo, senza avere una meta precisa. Durante il viaggio supero pianeti, sistemi solari, galassie e costellazioni. Da solo. Lontano da tutti e da tutto. Ma se proprio devo scegliere una meta, be' quella sarebbe certamente una nebulosa, magari quella più bella: la Nebulosa di Orione. Proprio lei, con le sue sfumature arancioni.

Quel giorno, ero andato con mamma e Sofia, a fare la spesa al centro commerciale. Per la verità, io ero rimasto in macchina, perché il centro commerciale era affollato. Ma tanto affollato. Pertanto, mamma mi aveva detto di restare in macchina ad aspettare.

Quel giorno ero appena uscito dalla Via Lattea e mi stavo dirigendo verso la costellazione di Andromeda, ascoltando gli *Arcade Fire*, quando, riaprendo gli occhi, ho visto che mamma e Sofia erano appena uscite dal supermercato e stavano parlando.

Mia sorella era di spalle e non riuscivo a vedere quello che diceva.
Mamma, invece, la vedevo bene. Aveva il volto contrariato.
"Non dire fesserie, per favore. Stai dicendo solo delle grandi sciocchezze."
Poi, Sofia si è spostata. Aveva la faccia di quando è nervosa.
"Ah sì? Secondo te sono delle cazzate quelle che sto dicendo?"
"Mi pare proprio di sì."
"Dovevo nascere anch'io handicappata, forse, per avere le tue attenzioni?"
"Non parlare così di tuo fratello."
"Fratellastro, prego."
"Lo sai bene che lui ha più bisogno di te. Sotto certi aspetti."
"Vedi? Sono proprio questi aspetti che non riesci a capire."
"Cosa vorresti dire?"
"Niente. Lascia perdere."
"Sofia, lo sai che vi voglio bene allo stesso modo."
"Ah sì? Non me n'ero accorta."
"È diverso il modo di dimostrarvelo. Tutto qui."
"Non riesci a capire."
"Ascolta Sofia. Faccio di tutto per sopperire alla mancanza di tuo padre. Se è questo il problema. Forse non ci riesco, ma ce la metto tutta."

"Lo ricordo appena, mamma. Ma mi manca da morire."
"Lo so questo. Lo so. E ti capisco. Manca anche a me."
"All'inizio, forse."
"Ero giovane. Giovane e sola. Incline alle facili illusioni. E comunque, giocare con i sensi di colpa non modifica la realtà."
"La realtà è che non siamo una famiglia completa."
"Lo siamo, invece. Nonostante tutto."
"Avremmo potuto esserlo se quello stronzo…"
"È andata così, oramai."
"Sì, ma tu non hai fatto niente perché andasse diversamente."
"Cosa avrei dovuto fare?"
"Fare la prova del DNA e portare quel figlio di puttana in tribunale, per esempio."
"Non voglio niente da quella persona."
"E certo! Tanto navighiamo nell'oro."
"Vi faccio mancare nulla? Dimmelo!"
"È proprio questo il punto."
"Smettila, Sofia! Edoardo ci guarda."
Allora Sofia si è voltata e mi ha guardato. Mi ha sorriso. Ma la faccia era sempre nervosa.
Quando sono entrate in macchina non parlavano più. Stavano zitte.
"Tutto ok?" mi ha chiesto mamma. Ho fatto di sì con la testa.

Sofia ogni tanto mi guardava. Non aveva più la faccia tanto nervosa.
"Che ne dite se stasera andiamo in pizzeria?" ha proposto mamma.
"Veramente stasera avevo un appuntamento" ha risposto mia sorella, "però posso rimandarlo" ha aggiunto.
Io non ho detto niente. Di giovedì come cena ho petto di pollo. Però la pizza mi piace. Soprattutto quella coi peperoni.
"Edo, per te va bene?" mi ha chiesto mamma.
"Oggi è giovedì" ho detto.
"Petto di pollo, lo so."
"Andiamo da *Zi' Mimma*" ha proposto Sofia, "oggi non dovrebbe essere affollato. Noi prendiamo la pizza e lui il petto di pollo."
"Edo, per te va bene?" mi ha chiesto di nuovo mamma.
Ho fatto di sì con la testa. Anche se non ero del tutto convinto. A me piace mangiare il petto di pollo, il giovedì. Ma a casa. A casa, davanti alla TV. Le pizze da *Zi' Mimma* sono proprio buone, ma il petto di pollo non l'ho mai mangiato; il petto di pollo me l'ha sempre cucinato mamma. E come lo cucina mamma è proprio buono. Cotto al punto giusto, come piace a me. Proprio come piace a me.
Il locale di *Zi' Mimma,* quando c'è poca gente, mi piace. È grande, ma non tanto. Ma neppure così

piccolo. Io con le dimensioni non mi so regolare. Comunque, mi piace. Soprattutto i quadri appesi alle pareti. Intanto, sono tutti precisi e nessuno è inclinato o fuori posto. Già, fuori posto. Io, le cose fuori posto, non le sopporto proprio. Ma proprio per niente.

Quella sera, il locale non era tanto affollato, i quadri appesi alle pareti erano tutti precisi e al loro posto, e il posto, che di solito occupiamo, era libero. Il posto che di solito occupiamo è quello in un angolo, perché, come dice mamma, non siamo quel tipo di persone che amano stare al centro dell'attenzione.

Quando sono arrivati i piatti, mamma mi ha guardato.

"Com'è il petto di pollo?" mi ha chiesto.

"È buono" ho risposto.

"Però?"

"Il tuo è meglio."

Mamma ha sorriso. Subito dopo, però, è diventata di colpo seria. Si è alzata ed è corsa verso un tavolo. C'era una signora che si stava sentendo male. Le era andato un boccone di traverso. È una cosa brutta quando un boccone ti va di traverso. Ma veramente brutta. Che ti sembra di soffocare. Ti manca l'aria e pensi che stai per morire.

Una volta mi è successo. È stata una sensazione terribile. Per fortuna sono riuscito a tossire e a liberare la trachea dall'ostruzione, ma se non ci fossi riuscito, beh, sarei morto sicuramente. In quel momento ero da solo, avevo bisogno di un'altra persona che mi aiutasse a liberare le vie aeree per farmi respirare. E salvarmi la vita. Perché se non riesci a respirare, beh, è chiaro che non arriva aria ai polmoni. E se non arriva aria ai polmoni è chiaro che muori. Se non ce la fai da solo, ci dev'essere qualcuno che ti aiuti. Ed è quello che ha fatto mamma. È corsa dalla signora e le ha infilato un dito nella bocca, ma si vede che così non è riuscita a risolvere la situazione. Perché a volte la situazione è più complicata di quello che appare. Così mamma ha dovuto praticare la manovra di Heimlich. Che è una manovra particolare, una manovra che ti consente di liberare la gola dall'ostruzione e far respirare la persona che sta soffocando.

Mamma in queste cose è proprio brava. Lei è infermiera specializzata e queste cose le sa fare bene. Tutti quegli interventi in emergenza che possono salvare la vita di una persona, lei è brava a eseguirli. Mamma è brava non solo a prendersi cura di me e di Sofia, ma di tutte le persone che non stanno bene e che hanno bisogno di lei.

Marrone

Ho un padre, pensavo.
Ho un padre che non sapevo di avere!
Ho un padre! Un padre che non ho mai visto! Un padre che non conosco!
Ho iniziato ad avere degli scatti. Più pensavo e più frequenti diventavano gli scatti.
Tra le mie crisi passeggere c'è quella degli scatti, dovuti agli impulsi nervosi che non riesco controllare nei momenti di particolare stress emotivo. Mamma mi ha detto che quando questo stress è provocato da pensieri non facilmente gestibili autonomamente, la migliore cosa da fare è alleggerire il loro peso, condividendoli con qualcuno.
Così, ho cercato Sofia. L'ho trovata in camera sua.
"Chi è il mio papà?" le ho chiesto.
"Cosa?"
"Io e te non abbiamo lo stesso papà."
"No. Non abbiamo lo stesso papà."
"Chi è il mio papà?"
"Lascia sperdere, Edo."
"Chi è?"
"Sei proprio sicuro di volerlo sapere?"
"Sono sicuro, sì. Sono sicuro."
"È un medico. Uno stronzo.

“Un medico...”
“Un medico. Mamma e quel medico hanno avuto una storia.”
“Una storia...”
“E da quella storia sei nato tu.”
“Sono nato io. Sono nato…”
“Già.”
“E dov’è adesso?”
“È andato via. Si è trasferito.”
“Lontano?”
“Lontano, sì.”
“Tanto lontano?”
“Penso di sì. Non lo so.”
“Per colpa mia?”
“Cosa?”
“È andato via per colpa mia? È andato via…”
“Ma che stai dicendo?”
“È andato via perché sono così?”
“Ma non lo pensare neppure.”
“Non lo penso. No. Ma perché è andato via?”
“Te l’ho detto perché è andato via.”
“Perché è uno stronzo.”
“Esattamente.”
“E mamma?”
“Mamma, cosa?”
“Perché mamma non ha altre storie?”
“Altre storie?”
“Altre storie.”

"Forse non vuole averne più."
"Deve avere altre storie, mamma. Deve avere..."
"Perché dovrebbe avere altre storie?"
"Se vogliamo essere una vera famiglia."
"Be' sì. Hai ragione. Certo, non è semplice."
"Non è semplice."
"Avere una storia, intendo. Le storie nascono così…
"Così, come?"
"Voglio dire: le storie non sono telecomandate. Non puoi deciderle. Non so se mi spiego."
"Ho capito."
"Se così fosse, nessuno sceglierebbe uno stronzo per avere una storia, no!?"
"Anche perché a noi, gli stronzi, non piacciono."
"Per niente proprio."
"Sono marroni."
"E a noi il marrone non piace."
"Per niente proprio."
E poi ci siamo messi a ridere, io e la mia sorellastra. Così ho scoperto che da quando Sofia è diventata la mia sorellastra, è molto più simpatica di quando era mia sorella.

Viola

Si dice che l'assassino torna sempre sul luogo del delitto. Io, anche se non sono un assassino, sono tornato nel commissariato.
Il quadro sulla parete dell'ufficio dell'ispettore Fulvio non si era più spostato da come lo avevo sistemato. Ora le cornici erano tutte allineate e precise.
Anche stavolta Fulvio aveva i jeans, ma senza giacca. Indossava una camicia con le maniche arrotolate sulle braccia. Le scarpe non erano quelle belle dell'altra volta, ma erano belle lo stesso. Un po' più consumate e meno nuove. Ma belle. Ma la cosa più bella di tutte era la camicia. Era viola, come la Nebulosa del Granchio, e aveva i bottoni bombati, che danno un tocco di eleganza in più.
"Mi piace la tua camicia" ho detto.
"Ah sì? Grazie."
"È viola come la Nebulosa del Granchio."
Fulvio ha guardato la mamma, che ha sorriso.
"Ascolta Edoardo, mamma mi ha detto che un'altra tua passione è la musica. È vero?"
Ho fatto di sì con la testa.
"Bene. Io di astronomia non ne capisco nulla, ma con la musica abbiamo una passione in comune."

“Qual è il tuo genere preferito?” gli ho chiesto.
“Tutti” ha detto.
“Proprio tutti tutti?”
“Tutti. In fondo, ogni genere musicale ha le sue caratteristiche. E ogni caratteristica dev’essere apprezzata da chi ama veramente la musica.”
L’ho guardato. Non avevo mai sentito un risposta più giusta di quella.
“Io ascolto tutti i generi” ho detto, “ma quello che preferisco è il rock.”
“Beh, a chi non piace il rock? Gli Stones, i Red Hot, i Radiohead, gli Offspring… ”
“E The Clash!” ho esclamato io.
“Naturalmente!”
“Lo sai che il rock è il genere musicale che possiede più sottogeneri?” ho detto. Pareva molto interessato. Così, ho continuato.
“In tutto sono 67. Anche se i più importanti sono una decina. C’è il rock psichedelico, quello progressivo, quello alternativo, il pop rock, l’hard rock, il punk rock, la new wave, il grunge. Ognuno dei sottogeneri ha delle caratteristiche particolari. Il grunge, per esempio, dal punto di vista strettamente musicale è una contaminazione tra hard rock, metal, punk rock, hardcore, punk e new wave con l’uso dei tre strumenti base di una band: chitarra, basso e batteria. La new wave, invece, rispetto al grunge, è caratterizzata dall’uso di sintetizza-

tori, tastiere e batteria elettronica, proprio come il punk rock che, a differenza della new wave, produce sonorità più dure e marcate. Mai quanto l'hard rock, però, che al pari del metal..."
"Frena frena frena!" mi ha interrotto mamma.
Io ho iniziato a ridere, perché quando mamma dice frena frena frena, è proprio buffa. Anche Fulvio si è fatto una bella risata. Una risata di quelle che a me piacciono. Ci sono risate che sono proprio brutte a vedersi e a sentirsi. Alcune sono false, altre sono cattive. La risata di Fulvio è di quelle che a me piacciono molto.
"Fulvio adesso ti deve far vedere qualcosa" ha detto mamma, "poi di musica potrete continuare a parlarne un'altra volta."
Fulvio ha sorriso alla mamma e poi mi ha detto: "ho bisogno del tuo aiuto. Vieni, vieni accanto a me."
Io mi sono avvicinato, ma non troppo. Fulvio aveva un pochino di barba sulla faccia e profumava di fresco. Mi ha indicato lo schermo del suo computer e mi ha detto che avrebbe fatto partire un filmato di due persone che parlano. Il filmato era senza audio. Per questo motivo, mi ha chiesto se mi andava di riferirgli cosa si dicevano.
Ovviamente mi andava. Mi andava, eccome.
Il video non era perfettamente nitido, però riuscivo a leggere quello che si dicevano le due persone.

Uno era grasso, con la barba lunga e una grossa collana luccicante appesa al collo. Parlava con un uomo più basso e più piccolo di lui, ma che era quello che dava gli ordini.

Ripetevo ogni parola che leggevo sulle labbra dei due a Fulvio, che mi ascoltava attentamente e, di tanto in tanto, annuiva.

Quando il colloquio delle due persone è finito, Fulvio sembrava molto soddisfatto di quello che gli avevo riferito. Mi ha fatto i complimenti e mi ha detto che il mio contributo sarebbe stato molto prezioso anche per questa indagine.

Quando stavamo per andare via, mamma mi ha chiesto di aspettarla un momento fuori, nella sala d'attesa.

Non c'erano tante persone, come la prima volta. Una signora, bassa e grossa, seduta di fronte, ha iniziato a fissarmi. Non la finiva di guardarmi, così ho cominciato a contare le mattonelle del pavimento. Anche se sapevo già quant'erano, le ho contate lo stesso. Contare le cose a me piace. Soprattutto se c'è qualcuno che mi sta fissando.

Mentre tornavamo a casa, in macchina, mamma mi ha chiesto cosa ne pensassi di Fulvio. Le ho risposto che non avevo mai conosciuto un ispettore di polizia che se ne intendesse di musica e a cui piacesse il rock.

“Veramente, finora, non avevi conosciuto affatto un ispettore” ha precisato.
“Peccato che non ne capisca niente di astronomia” ho detto con un sospiro.
“Già. È un vero peccato” ha risposto lei con un sorriso.

Ambra

Oggi ho raccontato tutto ad Andrea. Andrea è mio amico, oltre ad essere mio cugino. Ecco perché gli ho raccontato tutto. Perché è mio amico e mio cugino. Gli ho detto che Sofia non è mia sorella, ma la mia sorellastra; che mamma ha avuto una storia con un medico e che da quella storia sono nato io. Gli ho detto proprio tutto. Ma tutto tutto. Tranne come l'ho saputo.

Lui mi ascoltava in silenzio e non sembrava sorpreso. Come se già lo sapesse.

Mi ha chiesto se ero arrabbiato. Io ho scosso la testa. Non ero arrabbiato. Se ero infastidito o amareggiato. Gli ho risposto di no. Non ero né infastidito, né amareggiato.

"Sono curioso" ho detto.

"Curioso?"

"Sono curioso di vedere questo medico. Sono curioso di vedere..."

"Vuoi conoscere tuo padre?"

Ho scosso la testa.

"No. Voglio solo vederlo."

Andrea si è grattato la testa.

"Quindi è stata Sofia a dirti che sei figlio di un medico?"

"Sì sì. Di un medico."
"E hai deciso di conoscerlo."
"Vederlo."
"Vederlo. Ok. Lo sai che non dobbiamo farlo sapere a mamma, no?"
Ho fatto segno di sì con la testa. Anche se la cosa non mi piaceva. A me non piace mai nascondere le cose. Che motivo c'è a nascondere le cose?
"Ne hai parlato con tua sorella… con Sofia?"
Ho fatto segno di no con la testa.
"Perché?"
"Volevo prima parlare con te. Volevo parlare..."
"Ok. Ci parlo io con Sofia. Se è d'accordo, organizziamo tutto."
"Non possiamo farlo noi due? Da soli. Noi due?"
"Non ho ancora la patente. Ci serve qualcuno che guidi."
È vero, ho pensato, Andrea non ha ancora la patente. Sta ancora frequentando la scuola guida. Ci va tutti i pomeriggi. Ci va volentieri perché la patente vuole prenderla subito. Quanto prima possibile. E poi, ci va volentieri anche perché la figlia del titolare della scuola è un gran pezzo di gnocca. Ha detto proprio così: un gran pezzo di gnocca. Mi ha raccontato che si chiama Ambra, che ha un fisico da fotomodella e che quando cammina, sculetta alla grande. A volte è lei a fare lezione. Lezione che Andrea non riesce a seguire per ovvie ragioni. Dice

che i cartelli e i segnali stradali gli si confondono nella testa, che non capisce più niente e che se viene interpellato, inizia a incespicare sulle parole. Così fa la figura dello stupido, quando in realtà è molto intelligente.

Io, Andrea, lo conosco bene. So che è una persona molto intelligente, una persona, come si dice, in gamba. E non lo dico perché è mio cugino e mio amico. Lo è veramente. Frequenta il liceo classico con ottimi voti e, una volta diplomato, ha intenzione di arruolarsi in accademia e intraprendere la carriera militare da ufficiale. Mi ha detto che per farcela bisogna superare un sacco di test e di altre prove molto complicate. Mi ha anche confidato che se per un motivo qualsiasi non riuscisse ad arruolarsi, la sua seconda scelta sarebbe di iscriversi all'università per continuare gli studi classici, che a lui piacciono tanto. Andrea è veramente il cugino che tutti vorrebbero avere. È bravo, gentile e simpatico. E ha una testa che è il vanto di zia Adele. Una volta l'ho sentita dire che suo figlio ha la testa sulle spalle; un'altra volta che Andrea non è tipo da montarsi la testa; e un'altra volta ancora che, per fortuna, non ha grilli per la testa.

Lì per lì non ho capito cosa significassero quelle parole. E perché zia ce l'avesse così tanto con la testa di Andrea. Ne ho parlato con mamma, che mi ha spiegato che si riferivano alle proposte ricevute

da mio cugino di giocare in una squadra di calcio importante. Proposte che lui ha rifiutato, perché vuole continuare a giocare nella sua squadretta per puro divertimento. Lui è bravissimo a giocare a pallone, però vuole farlo solo per divertirsi. Preferisce studiare. Ecco perché zia ha detto quelle cose sulla sua testa.
Zio, invece, non è stato mai d'accordo sulla decisione di Andrea. Ha detto che quello era un treno che passa una volta sola nella vita, di quelli da salirci al volo. A parte il fatto che prendere un treno al volo è pericolosissimo, che c'entra con la decisione di suo figlio? Ma zio è così. È un pochino strano.
Una volta ha dimenticato zia lungo l'autostrada. Si erano fermati per una sosta, per fare rifornimento e prendere un caffè… e lui è ripartito senza di lei! Ha abbandonato zia in una stazione di servizio. Non si abbandonano neppure i cani in una stazione di servizio. E lui ha abbandonato la moglie!
Quando mamma ce l'ha raccontato, non la smetteva di ridere. Ha riso talmente tanto, che alla fine le sono venuti i crampi allo stomaco. A me i crampi allo stomaco vengono quando ho fame. A Davide, un mio compagno di classe, quando dev'essere interrogato. Dopotutto, ognuno ha i suoi difetti. C'è a chi, i crampi allo stomaco, vengono per la fame, a chi per le risate e a chi per la paura.

Fucsia

Stavo nella mia stanza. Stavo cercando di risolvere gli enigmi che ci aveva assegnato il prof. Costa. Giochini per farci tenere sveglia la mente. Così ci ha detto la prima volta che ce li ha assegnati.
"Dovete tenere sveglia la mente. Per farlo non basta lo studio, ma servono anche questi giochini."
Chiamali giochini! C'è da diventare matti a risolvere i giochini del prof. Costa. E poi, ha aggiunto: "Non andate a cercarli in rete per avere la soluzione. Imbroglieresti solo voi stessi."
Io non li ho cercati in rete, no. Però, la tentazione era veramente forte. Erano troppo difficili!
Gli enigmi erano questi:

Enigma 1

Stai cercando la strada per il Paradiso e giungi a un bivio. Sei certo che una delle due strade porta al Paradiso mentre l'altra porta all'Inferno. Ma non c'è nessun cartello indicatore perciò non sai da che parte andare. Il bivio è sorvegliato da due guardiani. Uno di essi risponde sempre in modo veritiero alle domande che gli sono rivolte e l'altro mente sempre. Purtroppo tu non hai la minima idea di quale sia il guardiano sincero e quale il bugiardo. Invece i due guardiani si conoscono bene e sanno chi è il SINCERO e chi è il BU-

GIARDO. Ti è concesso di rivolgere una sola domanda a uno solo dei guardiani. Come puoi individuare la strada per il Paradiso? E' chiaro che non puoi chiedere semplicemente: "Qual è la strada per il Paradiso?" oppure, indicando una delle due strade, "E' questa la strada per il Paradiso?". Non sapresti se la risposta è vera o falsa.
Devi invece porre una domanda più raffinata. Quale?

Enigma 2

Una persona molto povera non riusciva a rinunciare al vizio del fumo. Non avendo però abbastanza soldi per permettersi di acquistare le sigarette raccoglieva i mozziconi e riusciva costruirsi con cinque di essi una sigaretta. Sfruttando questo espediente, un giorno riuscì a fumare cinque sigarette. Quanti mozziconi ha dovuto raccogliere per poter costruire le cinque sigarette e quanti gliene sono avanzati?

Enigma 3

Hai di fronte 9 sacchetti pieni di sabbia. Sai che 8 hanno il medesimo peso, 1 pesa poco di più, ma così poco che ti è impossibile percepire a mano quale sia. Con una bilancia a piatti, e la possibilità di fare solo due pesate, come peserai i tuoi sacchetti per essere certo di trovare quello più pesante degli altri?
La soluzione va trovata considerando che ciascuna pesata confronta due insiemi fissati di sacchi (non si possono aggiungere o togliere sacchi durante la pesata), e che non è

ammesso aprire i sacchi o modificarne comunque il contenuto (per esempio attraverso improbabili travasi).

Enigma 4

Una spia cerca di capire la regola che associa parola e controparola d'ordine per l'ingresso in un centro segreto. Si nasconde dietro a un cespuglio ed osserva. Arriva un soldato, bussa al portone e da dentro una voce dice "12", il soldato risponde "6" e gli viene aperto. Poco dopo arriva un altro soldato, bussa e gli viene detto "8", lui risponde "4" ed entra. Un terzo soldato entra, dopo avere risposto "5" alla parola "10". A questo punto, la spia crede di aver capito tutto: si avvicina, bussa, le dicono "4", lui risponde "2" e gli sparano. Come mai?

Enigma 5

Nel deserto, il capo di una tribù nomade è in punto di morte e dice ai tre figli: "Possiedo 23 cavalli e desidero lasciarne la metà al primogenito, un terzo al secondogenito ed un ottavo al terzogenito" "Ma padre, i cavalli sono 23 e non possiamo farne a pezzi alcuni!" dissero i figli in coro.
"Non preoccupatevi. Ho già fatto chiamare il macellaio, che è più saggio di voi Tra poco sarà qui." disse, esalando l'ultimo respiro. Rattristati dal lutto e dall'orribile sorte che attendeva alcuni di quei meravigliosi cavalli, i figli videro arrivare il macellaio con i suoi arnesi sanguinolenti. Appena sceso da cavallo, il bravo macellaio si fece spiegare il proble-

ma e tranquillizzò gli eredi. Come fece a distribuire i 23 cavalli nelle proporzioni richieste, senza ucciderne alcuno?

Mi stavo concentrando sul primo, quando si è spalancata di colpo la porta ed è entrata mia sorella. Aveva addosso una maglietta orrenda, di colore fucsia, col disegno del foro di un proiettile in mezzo al petto.
"Ho fatto una scoperta sensazionale!" ha urlato come una pazza.
"Quale scoperta?" ho chiesto.
"Mamma sta bazzicando un tipo."
"Ha una storia?"
"Questo non lo so. Ma si vede con un uomo."
"Speriamo che abbiano una storia. Speriamo..."
"Dopo tanto tempo. Ma ti rendi conto?"
Mia sorella era molto felice che mamma stesse bazzicando un uomo. E anch'io lo ero. Ma quella maglietta che indossava era proprio orrenda.
"Ma non sei contento?"
"Lo sono. Speriamo soltanto che non sia uno stronzo. Speriamo che non sia..."
"Dobbiamo conoscerlo, Edo. Dobbiamo sapere chi è, per capire se lo è oppure no."
"Dobbiamo aiutare mamma."
"Esatto. Dobbiamo aiutarla. Se lei è coinvolta sentimentalmente e non riesce a capire se è un uomo di cui fidarsi o meno, dobbiamo farlo noi."

"E come?"

"Dobbiamo prima scoprire di chi si tratta."

"Dobbiamo fare come gli investigatori."

"Esatto. Come gli investigatori. Ti va?"

Ho fatto cenno di sì. A me di fare l'investigatore, dopo aver collaborato con la polizia, mi va eccome.

"La maglietta che indossi è proprio orrenda" le ho detto.

"È un regalo. Non potevo rifiutarla" ha risposto ed è uscita.

Sicuramente un regalo di Orazio, ho pensato.

Poco dopo, però, è tornata.

"Andrea mi ha detto che ci tieni a conoscere lo stronzo."

"Vederlo" ho precisato.

"Ok. Mi sono informata dove lavora. Lo stronzo non è tanto lontano come pensavo. Con Andrea abbiamo organizzato tutto per domani. Ti accompagno e ti accontento, ma io non lo voglio vedere. Rischierei di sputargli in faccia."

Ed è uscita di nuovo. Stavolta, sbattendo la porta.

Quando Sofia è andata via, ho riflettuto su cosa potevo fare per scoprire chi frequenta mamma. Per riflettere meglio ho messo un pezzo dei *Nirvana*. La voce di Kurt Cobain mi aiuta a riflettere. Ascolto i *Nirvana* anche quando studio e mi aiutano tantissimo nel memorizzare quello che sto studiando.

Sarà la voce del suo leader, sarà il genere musicale, ma mi aiuta tanto a concentrarmi. Sì, a concentrarmi e a risolvere i problemi. Anche di algebra. Anche se l'algebra non è il mio forte, per la verità. Anzi, se proprio devo essere sincero, l'algebra mi è proprio antipatica. Ma tanto proprio.
Così, mentre ascoltavo *In Bloom,* mi sono ricordato che conoscevo un ispettore di polizia, un vero ispettore di polizia. Non come quelli nei film, che sono degli attori che interpretano un ispettore di polizia. Quello che conoscevo io, era un vero ispettore di polizia.
Dovevo chiamare l'ispettore Fulvio. Essendo un vero ispettore di polizia, ho pensato, sa certamente come si fa un'indagine. Lui è un investigatore professionista.
Ho chiamato in commissariato e non c'era. Mi hanno chiesto chi ero e di lasciare un numero. Sarei stato ricontattato appena l'ispettore sarebbe tornato. Così hanno detto. E così ho fatto.
Una mezz'ora dopo, mentre tentavo un giro armonico piuttosto difficoltoso con la chitarra, è squillato il mio smartphone. Era l'ispettore Fulvio.
"Ciao Edoardo. Disturbo?"
"Veramente ero impegnato a esercitarmi con la chitarra. Ero impegnato..." ho detto.
"Mi dispiace. Scusami. Mi è stato detto che mi hai cercato."

"Come faccio a sapere chi sta bazzicando mamma?"
Fulvio ha iniziato a ridere. Ma la mia non era una battuta. Io volevo soltanto sapere come posso controllare i movimenti di mamma per scoprire con chi ha una storia.
Allora Fulvio mi ha spiegato che per controllare i movimenti di una persona, esistono diversi metodi d'indagine. C'è il pedinamento, cioè quello di seguire fisicamente la persona da controllare, le intercettazioni ambientali, come, per esempio, quelle telefoniche, oppure quelle di esaminare le immagini riprese dalle telecamere installate lungo le vie. Mi ha anche detto che tutte queste azioni sono illegali se non sono autorizzate da un giudice, perché ledono la privacy delle persone. Anche nel caso in cui il soggetto è un parente e non ci sia nulla di male nel farlo. Insomma, mi ha fatto capire che non è così semplice come pensavo.
"Senti Edoardo, facciamo una cosa: me ne occupo io di scoprire chi sta bazzicando mamma" mi ha proposto alla fine.
Se ne occupa lui, ho pensato, un ispettore di polizia. Allora riuscirà sicuramente a scoprire chi incontra mamma. Chi meglio di un investigatore, che le indagini le fa per mestiere, può occuparsi della cosa?

Dopo che ho chiuso la chiamata, mi è venuto in mente un brano che ci stava proprio bene. Ma preciso preciso veramente. Proprio quello e nessun altro. L'ho trovato e l'ho fatto partire: *Private Investigations,* dei *Dire Straits*, con l'arpeggio di Mark Knopler, che a suonare la chitarra come lui ce ne sono veramente pochi in giro. Magari, a riuscirci un giorno…

Ocra

Una volta ho visto un film che aveva come protagonista una mamma. Era una mamma talmente apprensiva e legata in maniera morbosa all'unico figlio, che alla fine impazzisce.

Il finale non mi è piaciuto per niente. Io, dei film, amo i finali a sorpresa o quelli a lieto fine. Quel film non finiva né con una sorpresa né con un lieto fine. Ecco perché non mi è piaciuto per niente. Mi è venuto in mente quando stavamo per partire e mamma ha iniziato ad essere apprensiva come la protagonista di quel film. Non la finiva più con le raccomandazioni a mia sorella e a mio cugino di stare attenti, di avere cura di me, di chiamarla spesso, di informarla di tutto. Ecco perché mi ha ricordato quel film. Con il finale che non mi è piaciuto per niente.

Andrea e Sofia le hanno detto che quel giorno era in programma una specie di fiera, con il mercatino dell'usato e le giostre, con l'ottovolante, le macchine da scontro e il tiro a segno. Ma io sapevo che era una bugia. E a me dire le bugie non piace. A cosa servono? Però loro hanno insistito; hanno detto che a volte sono utili; hanno detto che se mamma avesse saputo la verità, si sarebbe opposta

e non avrei avuto mai più l'occasione di vedere quel medico.
Quando, finalmente, siamo partiti, Sofia ha sbuffato e ha detto che mamma a volte è proprio pesante. Secondo lei, preoccuparsi per i propri figli è del tutto naturale, ma senza superare certi limiti, sennò si ottiene l'effetto opposto. Andrea era d'accordo, ma non riusciva a capire chi li stabilisse questi limiti e quali fossero di preciso.
Per un bel tratto di strada la conversazione tra Sofia e Andrea è continuata su questo argomento. Se le mamme è giusto che siano preoccupate per i propri figli. Quanto devono essere preoccupate. Quanto poi la preoccupazione si possa trasformare in ansia e quindi diventare dannosa anche per i figli. E così via. Che io non ce la facevo più a sentirli. Fino a quando, meno male, Andrea non ha deciso di accendere lo stereo. Meno male perché con tutte quelle chiacchiere non riuscivo a concentrarmi sui cartelli stradali che incontravamo. Fino a quel momento ne avevo contati settantadue, ma sicuramente qualcuno mi era sfuggito.
Ad un certo punto siamo passati vicino ad un cartello triangolare con un grosso punto esclamativo e la scritta: *Attenzione trattori in manovra senza conducente*. Sofia l'ha fatto notare ad Andrea, che si è messo a ridere. Nei campi il terreno era di un colore ocra, come quello dei vasi di terracotta che vendono nel-

le fiere e nei mercatini durante le feste di quartiere. Ogni tanto c'era un contadino che lavorava la terra o un trattore in manovra, ma col conducente. In un campo c'erano delle mucche che pascolavano e in un altro tanti alberi di frutta. Il cielo era nuvoloso. C'era una nuvola a forma di uccello, con le ali, il becco e tutto quanto. Un'altra non aveva nessuna forma in particolare. Mentre, un'altra ancora, assomigliava ad una pecora. Però il vento le ha agitate tutte. E siccome le nuvole sono instabili e molto sensibili alle correnti, perché sono fatte di vapore acqueo, hanno perso in poco tempo ogni forma. Certe volte sembrano zucchero filato, certe volte panna montata. Lo zucchero filato a me piace tanto. Tutte le volte che vado al luna park, la prima cosa che faccio è prenderne una montagna. Ogni volta, quando lo finisco di mangiare, le dita mi diventavano talmente appiccicose che non posso toccare niente perché rischio di rimanerci incollato. Peccato che il luna park sia solo una scusa, ho pensato, un giro alle giostre lo avrei fatto volentieri.
Per non pensarci ho tirato fuori il mio tablet e ho cominciato a fare un po' di ricerchine.
Stavo leggendo sul sito dell'ANSA, nella rubrica Spazio&Astronomia, delle notizie interessantissime, quando sono stato distratto da una voce che mi chiamava.

Le notizie erano due: la prima riguardava la scoperta di trenta comete in un altro sistema planetario in formazione, quello della stella Beta Pictoris, distante 63,4 anni luce dal Sole nella costellazione del Pittore; la seconda era quella di un programma denominato Solaris, che gli scienziati starebbero mettendo a punto per capire la reale possibilità di acquisire energia solare direttamente nello spazio, attraverso il lancio in orbita geostazionaria di grandi pannelli solari, ad un'altitudine di circa 36.000 km, che dovrebbero raccogliere la luce del Sole senza il grosso "fastidio" causato dall'atmosfera terrestre.
La voce che mi chiamava, mentre leggevo le due notizie, era quella di Sofia. Mi chiamava per dirmi che eravamo arrivati. Mi sono guardato intorno. Eravamo in un parcheggio. Il parcheggio di un grande ospedale. Ci siamo, ho pensato. Tra poco lo vedrò. Chissà com'è. Chissà cosa sentirò per lui.
Nel frattempo, Andrea e Sofia discutevano su come affrontare la situazione. Alla fine mia sorella ha esclamato: "insomma, lo vuoi capire o no che io quel tale non lo voglio vedere neppure da lontano? Andate voi. Io vi aspetto qui."
Così, abbiamo lasciato Sofia ad aspettarci in auto e ci siamo avviati verso l'ingresso. Quando siamo entrati c'era un odore insopportabile di medicinali e gente in camice che entrava e usciva dalle stanze. Andrea ha chiesto informazioni a una infermiera,

che gli ha indicato un corridoio. Dovevamo andare al terzo piano. Con l'ascensore. Andrea mi ha chiesto se preferivo fare le scale. Ho detto di sì. Gli ascensori sono stretti. E sono sempre pieni di gente. Soprattutto in ospedale. Io, in un ascensore affollato, non ci entro.
Quando siamo arrivati al terzo piano, avevamo il fiatone. In quel momento la porta dell'ascensore si è aperta e dall'ascensore sono scese tante persone. Ma tantissime proprio. L'ascensore era strapieno. Ecco perché abbiamo fatto bene a non prenderlo.
Ho guardato la serie di numeri che indicavano i piani dell'edificio. I numeri si illuminavano in sequenza, finché uno dei numeri non rimaneva illuminato più a lungo.
Quelli che rimanevano illuminati più a lungo erano lo zero, il tre e il cinque. Ma è stato quand'era illuminato il due che ho sentito la voce di Andrea che mi chiamava. Mi ha fatto segno di andare da lui. Quando mi sono avvicinato, mi ha indicato un uomo con un camice bianco e i capelli corti e brizzolati, che parlava con un'anziana signora. Era lui. L'ho guardato attentamente: non era né alto né basso, né bello né brutto, né vecchio né giovane. Non era niente. Niente. Proprio niente per me. Non lo conosco, ho pensato. Sì ora l'ho visto, ma non lo conosco e non è niente per me. Proprio niente. Il niente assoluto.

Ho sentito Andrea che mi diceva qualcosa, ma non ho capito le sue parole. Avvertivo un forte dolore al braccio e una pressione sulle dita di una mano. Guardavo quell'uomo in camice bianco e pensavo che non era niente. Proprio niente per me. Avvertivo il dolore al braccio aumentare sempre di più, ma non riuscivo a staccare gli occhi da quel camice bianco. Un camice bianco, ma insignificante. Come l'uomo che lo indossava. Finché non ho sentito la voce di Andrea che mi chiamava. Il braccio continuava a farmi male. L'ho guardato: era tutto rosso, pieno di graffi e di lividi. In alcuni punti mancava la pelle. L'ho vista appiccicata sulle unghie dell'altra mano. E ho capito perché Andrea mi chiamava.
A volte mi succede di fare cose senza rendermene conto. Come battere le mani, o gridare senza motivo, o agitare le braccia. O farmi del male. E in quel momento mi era successo. Mi ero fatto del male. Ecco perché Andrea mi chiamava. Perché smettessi di farmi del male.
Andrea mi ha chiesto come stavo e se potevamo andare via. Ho risposto che stavo bene, che l'avevo visto e che non c'era motivo di restare. L'ho guardato un'altra volta. Era un camice bianco. Un semplice camice bianco da medico. Niente di più. Sì, sì. Potevamo andare via.
Mentre uscivamo dall'ospedale, Sofia ci è venuta incontro.

"Com'è andata?" ha chiesto.
Andrea ha alzato il pollice: "missione compiuta!"
Dopo un po' che eravamo ripartiti, Sofia mi ha informato che aveva una sorpresa per me. A me le sorprese non piacciono, questo mia sorella lo sa, ma lei ha detto che quella sarebbe stata una sorpresa che mi sarebbe piaciuta molto.
Quando ho intravisto in lontananza una ruota panoramica, ho capito. Le ruote panoramiche si trovano solo nei luna park, ho pensato. Ecco la sorpresa che voleva farmi Sofia.
"Speriamo ci sia l'ottovolante. Speriamo ci sia…" ho detto.
"Ci sarà senz'altro" ha detto Andrea.
Infatti, c'era. Ho fatto tre giri sull'ottovolante e due sulle macchine da scontro. Una insieme a mia sorella e una insieme a mio cugino. Alla fine abbiamo fatto tutt'insieme un giro sulla ruota panoramica. Che da lassù si vedeva tutto lontanissimo e piccolissimo. È stato tutto molto bello.
Lungo la strada, mentre tornavamo a casa, ci siamo fermati in una stazione di servizio per fare rifornimento. Andrea e Sofia sono andati al bar. Io, in auto, avevo appena finito di fare merenda con le mie fette biscottate, quando ho sentito suonare il telefonino. Era l'ispettore Fulvio. Mi ha detto che aveva notizie riguardo mamma. Mi ha riferito che l'ha

pedinata e ha scoperto che si incontra con una persona. Con un uomo.
"Hanno una storia?" ho chiesto.
"Questo non lo so. Ho notato che parlavano, ridevano. Stavano bene insieme."
"Che tipo è?"
"Secondo me, è una brava persona."
"Non è uno stronzo?"
Fulvio ha iniziato ridere. "Penso proprio di no" ha detto, continuando a ridere. "Anzi, ho saputo che ha intenzione di farti un regalo."
"Un regalo!?"
"Così ho saputo. Adesso però ti devo lasciare perché il dovere mi chiama."
Il dovere lo chiamava. Dopotutto è un ispettore. E un ispettore ha sempre da fare quando il dovere lo chiama. Io ero contento che Fulvio mi avesse detto che mamma frequentava una brava persona. Se lo diceva Fulvio, che è un ispettore, sicuramente era vero.
Quando siamo ripartiti, Sofia mi ha guardato attraverso lo specchietto retrovisore.
"Tutto ok, Edo?"
"Tutto ok" ho risposto. Meglio non dirle niente per ora, ho pensato.
Per il resto del viaggio, ho indossato le cuffiette e ho ascoltato una compilation di canzoni di ogni genere, che avevo preparato per l'occasione.

Siamo arrivati a casa che era buio. Ad aspettarci c'erano anche gli zii. Mamma aveva preparato la pizza per tutti. C'era la napoletana, quella coi funghi e quella coi peperoni, che a me piace tanto.
Mamma sa sempre come accontentarmi. Mamma merita di avere una storia con qualcuno che sia una brava persona. Non merita affatto uno stronzo.

Mandarino

Mamma un giorno mi ha portato a una mostra d'arte dove esponeva un suo amico pittore. Mi ha raccontato che è stato suo compagno di scuola, che già da allora amava disegnare, dipingere, colorare e così via. Era il più bravo della classe nel disegno e tutti pensavano che sarebbe diventato famoso. Famoso non lo è diventato, però insegna in un liceo artistico e continua a dipingere e a esporre i suoi quadri.
Ho chiesto a mamma se avesse avuto una storia con lui. Lei ha riso e ha detto di no. Ha detto che non è il suo tipo. Che non lo era all'epoca e non lo sarebbe stato mai . Ma non perché non fosse una brava persona. Tutt'altro. Era gentile, premuroso e assolutamente affidabile. Avevano anche parecchi interessi in comune, ma mancava quell'attrazione irresistibile che nessuno può spiegare, ha detto lei.
In quel momento ho capito cosa mancava a mamma per avere una storia. E perché era così difficile averla. L'attrazione irresistibile è qualcosa che mica la si trova al mercato! E una volta trovata, visto che è irresistibile, può succedere che ti capiti uno stronzo.

La mostra era divisa in tanti settori, dove gli artisti esponevano le loro opere a seconda dello stile e delle tecniche usate. In ogni sezione c'era un signore, in giacca e cravatta, che spiegava ai visitatori i vari stili, le varie tecniche, il significato di ogni opera o cosa rappresentasse.

L'amico di mamma era specializzato soprattutto nell'eseguire nature morte. Un suo dipinto, per esempio, raffigurava una caraffa di vino, un bicchiere e un cesto di frutta. In un altro c'erano un vaso di fiori e delle piante. In questa sezione, i quadri erano tutti uguali: fiori, frutta, bottiglie e bicchieri.

Nella sezione dedicata ai paesaggi, invece, c'erano paesaggi invernali con la neve e il ghiaccio e paesaggi estivi con gli alberi carichi di frutti; in alcuni c'era la montagna e in altri il mare, campi fioriti o distese deserte, laghi oppure fiumi. Insomma, erano molto differenti tra di loro.

Il paesaggio che mi è piaciuto tanto tanto è stato quello che raffigurava un mandarino solo solo in un campo deserto. Come me, quando non ho voglia di vedere nessuno.

La sezione dei ritratti è stata quella più interessante. Potevo guardare quei volti per tutto il tempo che mi andava, senza il timore che anche loro mi guardassero. In un quadro, una ragazza aveva gli stessi capelli di Claudia, mentre il ritratto di una vecchia

signora assomigliava tanto a nonna: aveva gli stessi capelli bianchi raccolti dietro la nuca e la fronte piena di rughe. Siccome ce n'erano anche di animali: cani, gatti, canarini e pesci, sono andato alla ricerca di qualche gatto che assomigliasse a Figaro. E l'ho trovato! Era grigio con una macchia bianca sulla fronte. Pareva proprio lui!
Purtroppo non c'erano le caricature, che a me piacciono tanto, quelle divertenti, perché hanno il naso lungo lungo, le orecchie grandi grandi, i denti all'infuori o la faccia tutta tonda.
Quando siamo passati nella sezione dell'arte contemporanea c'era un po' di tutto: ho visto forchette appoggiate in un piatto, piatti appoggiati in un lavello, un bidet sormontato da uno sgabello, una sedia capovolta, un ferro da stiro…
Mamma seguiva tutta seria seria il signore in giacca e cravatta che spiegava le varie opere, ma si vedeva che ogni tanto le veniva da ridere.
Nella sezione della pittura astratta i quadri erano tutti molto colorati, ma incomprensibili.
Di fronte a un dipinto con tanti colori, ma che parevano confondersi l'uno con l'altro, una signora ha chiesto cosa rappresentasse esattamente.
"Non rappresenta nulla, signora" ha risposto il signore in giacca e cravatta, "la pittura astratta è astratta. E, in quanto tale, la si apprezza così com'è. Gli astrattisti sentono il bisogno di fornire

una visione personale, soggettiva, profondamente artistica della realtà."
La signora ha fatto cenno di sì con la testa, ma non pareva del tutto convinta.
"Edo, tu che ne pensi?" mamma mi ha chiesto sottovoce.
"A me sembra un grande arcobaleno" ho risposto, "ma con le idee confuse."

Arcobaleno

Sofia mi ha raccontato che quando è nata lei, mamma aveva ventidue anni e studiava scienze infermieristiche. Era sposata con un alto funzionario della pubblica amministrazione, che viaggiava spesso per motivi di lavoro. Stavano bene insieme. Anche se mamma, con l'arrivo di una figlia, aveva dovuto rallentare gli studi, erano una coppia felice. Fino al giorno dell'incidente in cui lui perse la vita. Insieme alla sua segretaria. Furono investiti da un tir, mentre uscivano con l'automobile dal parcheggio di un hotel a cinque stelle. All'epoca, Sofia era una bambina e mamma lavorava in ospedale, dove, nel frattempo, aveva conosciuto il medico che l'avrebbe corteggiata. Mamma aveva ceduto alle lusinghe del superiore, illudendosi che la storia potesse diventare qualcosa di stabile. Quando aveva saputo che il medico aveva chiesto e ottenuto il trasferimento altrove senza informarla, si allontanò da lui definitivamente, tenendogli nascosto di essere in attesa di un bambino. Quel bambino ero io.

Il fatto che lui non abbia mai saputo della mia esistenza poco importa, stando a mia sorella. Per lei, quel medico, rimane una persona ignobile, che ha usato la sua posizione gerarchica per fare i suoi *porci comodi.*

Andrea non era d'accordo. Secondo lui, mamma avrebbe dovuto informarlo. In tal caso, probabilmente, le cose sarebbero cambiate: avendo la possibilità di assumersi le proprie responsabilità, magari mi avrebbe riconosciuto.

Eravamo in camera di Sofia, quando questo scambio di opinioni, che durava già da un po' senza che nessuno dei due desse ragione all'altro, è stato interrotto improvvisamente dall'arrivo di mamma, venuta ad informarci che stava per uscire e avrebbe tardato un pochino.

"Si incontra con qualcuno" ha insinuato mia sorella, "che facciamo? La pediniamo?" ha proposto, scherzando. Ma nemmeno tanto. Se non fosse stato per l'intervento di Andrea, lei lo avrebbe fatto veramente.

Non sapeva ancora quello che sapevo io. Nessuno sapeva che avevo addirittura un ispettore di polizia che se ne stava occupando e che mi aveva già dato le prime informazioni. Vale a dire, che l'uomo che frequentava mamma era una brava persona. Sarebbe stato bello se finalmente mamma avesse trovato l'uomo giusto per lei. L'uomo che l'avrebbe resa felice. E che l'avrebbe fatta piangere di felicità. Come quella volta a scuola dopo il colloquio con i

professori. In fondo, abbiamo tutti quanti il diritto di essere felici.
Io sono felice quando ascolto la mia musica preferita, mangio la pizza ai peperoni o faccio un giro sull'ottovolante. Sarei ancora più felice se riuscissi a vedere un concerto dal vivo. Purtroppo non posso farlo. Io, in mezzo a tutta la gente, accalcata sotto il palco, appiccicati l'uno con l'altro, non ci so stare. Ci ho provato, una volta, ad andare ad un concerto insieme a Sofia. Non era una band tanto importante, l'entrata era anche gratuita, ma si trattava di una prova. Ho cominciato a dare di matto, che mia sorella è dovuta intervenire e mi ha portato via e mi ha anche detto che i concerti non potevo vederli. Quando avrebbe fatto effetto la terapia, forse, avrei cominciato a vederli. Magari quelli meno affollati. Per abituarmi al contatto con le persone.
Ho cominciato da poco a seguire un corso di yoga fatto apposta per quelli come me. Il maestro ha detto che possiedo un orecchio musicale eccezionale, che sono bravissimo a riconoscere gli intervalli musicali tra le campane tibetane che usiamo durante gli esercizi. Mamma ha detto che, piano piano, il corso sta producendo dei buoni risultati. A me piace seguirlo. Così, un giorno, potrò vedere i concerti dal vivo. Intanto, li vedo al computer. Che, alla fin fine, è anche molto più comodo. Non

sei nella calca, ma tranquillamente seduto nella tua camera; vedi benissimo tutta la performance come se fossi sul palco. Vedi addirittura le espressioni e il sudore sulla faccia dei musicisti. Proprio come se fossi sul palco accanto a loro. Un giorno spero di diventare come loro. Ad essere io a salire sul palco per esibirmi in un concerto. Intanto sto imparando a suonare la chitarra. So già suonare numerosi pezzi, anche piuttosto difficoltosi. Quello che mi frega è la voce, che in quanto a melodia è proprio scarsa. Così, mi accontento di suonarli solamente.

Proprio mentre stavo tentando di suonare *Don't Cry* dei Guns N'Roses, un brano tutt'altro che facile, ho sentito bussare alla porta. Era mamma. Aveva tra le mani una scatola confezionata con una carta tutta colorata e la scritta:

THE RAINBOW

Music Shop

"Tutto bene, Edo?" mi ha chiesto.

Ho fatto cenno di sì con la testa, mentre continuavo a guardare la scatola.

"Questo è un regalo da parte di Fulvio" ha detto, "sostiene che riguarda una faccenda tra voi due."

L'ho afferrato e l'ho toccato. Doveva essere un quadro. Sentivo la cornice sotto le dita.

"Beh? Non sei curioso di sapere cos'è?"

"Lo apro dopo" ho detto.

Volevo stare da solo. Magari era un regalo che faceva schifo e non volevo che mamma lo sapesse. E neanche l'ispettore Fulvio.
"Va bene. Come vuoi. Tra mezzora a tavola per la cena" ha detto mentre usciva.
L'ho scartato. Era un quadro, infatti. Ma non un quadro normale. Era un poster. Ma non un poster normale. Era il poster della copertina di *London Calling*! La mitica foto in cui Paul Simonon, durante un concerto al Palladium di New York, spacca il basso. Fantastico!!!
Ho scrutato le pareti della stanza per capire dove appenderlo. Un poster simile meritava un posto speciale. Sì sì, proprio speciale. Ero incerto. Non sapevo decidere tra due posti differenti. Allora ho deciso che lo avrei appeso più tardi. Dopo aver chiesto il parere di Andrea e Sofia. Ah già! Sofia... Dovevo informare mia sorella di una cosa molto importante.
Ho afferrato lo smartphone e le ho scritto un messaggio:

Ho scoperto chi è la persona che sta bazzicando mamma.

NON È UNO STRONZO!

Soluzioni

Enigma 1

Ti rivolgi a uno qualsiasi dei due guardiani e gli chiedi, indicando una qualsiasi delle due strade (prendiamo come esempio quella di sinistra):
"*Se io chiedessi al tuo compagno se la strada di sinistra porta al Paradiso, egli che cosa mi risponderebbe?*"
La risposta sarà un SI' oppure un NO e sarà certamente FALSA.
Perciò tu prenderai l'altra strada.
Entrambi i guardiani sono costretti a dare la risposta FALSA in quanto la domanda è costruita in modo che:

- il bugiardo risponde il contrario di ciò che risponderebbe il sincero, cioè il FALSO;
- il sincero risponde fedelmente di ciò che risponderebbe il bugiardo, cioè il FALSO.

Enigma 2

Ha dovuto raccogliere 21 mozziconi, avanzandone uno. Infatti, fumando una sigaretta si ottiene sempre un mozzicone. Quindi dopo aver raccolto cinque mozziconi per la prima sigaretta, per quelle successive gliene basta raccogliere solo quattro perché ha potuto riciclare quello ottenuto fumando la sigaretta precedente. Il mozzicone dell'ultima sigaretta è quello che avanza.

Enigma 3

Il metodo è quello di sistemare per la prima pesata 3 sacchi di sabbia, naturalmente presi a caso, su ogni piatto. Se la bilancia resta in equilibrio ci concentreremo sui tre rimasti, se invece uno dei due piatti risulta essere più pesante ci concentreremo sui 3 sacchi di quel piatto. Restandone dunque solo tre, il gioco è semplice, ne sistemiamo uno per piatto. La pesata ci dirà se uno dei due è più pesante, ma nel caso in cui i piatti fossero in equilibrio, per esclusione lo sarebbe quello restante.

Enigma 4

La regola non consiste nel dire la metà del numero, ma il numero di lettere da cui è composto.
Pertanto la risposta a 4 (q-u-a-t-t-r-o) è 7.

Enigma 5

Il macellaio, per metter pace, decide di prestare per un attimo il suo cavallo ai 3 ragazzi in modo che la somma di tutti i cavalli faccia 24.

A questo punto fa le divisioni:
24/2=12 cavalli al primogenito;
24/3=8 cavalli al secondogenito;
24/9=3 cavalli al terzogenito.
I cavalli distribuiti rispettano le disposizioni testamentarie e sono quindi: 12+8+3=23.
Avanza esattamente un cavallo, quello che era stato aggiunto all'inizio dal macellaio.

Indice

Printed by Amazon Italia Logistica S.r.l.
Torrazza Piemonte (TO), Italy